아버지의 이름이 마지막 행동을 이끌어 낸다

르네와 불가사의한 상자

—— 소녀는 그 마을에서 과거의 꿈을 꾼다 ——

제1장 옛 기억의 마을　1일 차 아침

소녀는 범퍼를 걷어찼다. 보닛에서 하얀 연기가 새어 나온다. 어스름한 숲속 길. 지나가는 차도 없다. 소녀는 땅바닥에 털썩 주저앉아 깊은 한숨을 내쉬었다. 그러고는 허리춤에 있던 가방에서 작은 상자를 꺼냈다.

소녀는 행방불명된 아버지를 찾기 위한 여행을 이어가던 참이었다.

비밀 첩보원이었던 아버지는 소녀가 어렸을 적 정찰기를 타고 떠난 후로 소식이 끊어졌다. 아버지가 남긴 것은 여는 법도 모르는 이 작은 상자와 '르네'라는 이름뿐이었다. 왜 떠나게 되었는지 소녀도 알지 못했다. 그저 소녀는 자신의 마음 깊은 곳에 끝 모를 구멍 하나가 뚫려 있다는 것을 느끼고 있었다. 아직은 작은 구멍이지만 언젠가 자신이 빠지게 될 정도로 커져 버릴 것만 같았다.

소녀는 늘어선 나무를 멍하니 바라보면서 작은 상자를 두 손으로 이리저리 굴렸다. 그 버릇은 언젠가부터 소녀의 버릇이 되어 있었다.

초조하거나 불안한 감정이 엄습하면 소녀는 어김없이 가방에서 작은 상자를 꺼냈다.

"아아, 이제 그만할까?"

중얼거리던 소녀는 벌떡 일어섰다.

나무들 사이로 하얀 십자가가 보인다.

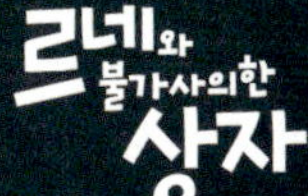

소녀는 덤불을 헤치고 시야가 트이는 고지대로 올라섰다. 언덕 아래에는 작은 마을이 펼쳐지고 파랗고 잔잔한 바다에는 섬이 떠 있다. 하얀 십자가는 마을에 있는 성당의 첨탑에 솟아 있었다. 소녀는 가슴 주머니에서 지도를 꺼내 펼쳤다.

"에스테르다…."

이것이 이 마을의 이름이었다.

그리고 소녀의 과거를 바꾸는 이야기의 시작이었다.

[지금부터 지도 위에 적힌 번지에 해당하는 단락으로 이동합니다.
12페이지 이후의 규칙 설명을 꼼꼼히 읽고 게임을 시작하세요.]

※ 직접 써넣은 번지는
해당 장에서만 유효합니다.

롬가롱고 곶
180

학자의 집
150

120

N
W   E
S

아밤가르만

아르카향 유적

이니미시 주점

서쪽 해변

촌장의 저택
230

오두막

도서관
26

저쪽 섬

남쪽 숲 입구

4

북쪽 산
하루카인 광장
30
히트로코 호수
90
상점가
60
역전
에스테르다역
수리점
210
에스테르다 호텔
탐정사무소
290
부엉이 소년의 집
340
320
성당
에스테르다 지도
Map of Esterda

이름	조이 Zooey	코레조 Correggio	르동 Redon	
연령	12	47	51	
성별	남	남	남	
인물	소년	수리공	의사	
조건 ①				
조건 ②				
조건 ③				

뒤러 Durey	로트렉 Lautrec	카드리유 Quadrille	푸생 Poussin	폴록 Pollock
34	54	16	66	32
남	남	여	남	남
정보통	촌장	촌장의 딸	숲의 파수꾼	학자

목차

Contents

이 책은 당신이 주인공이 되어 이야기를 읽어 나가는 체험형 게임북입니다.

선택지를 골라 가면서 이야기를 읽고 문제를 해결해야 합니다.

마지막까지 읽었다면 특설 웹사이트에 접속해 주세요. 그곳에서 올바른 답을 입력하면 게임이 종료되고 엔딩 스토리를 읽을 수 있습니다.

이 책의 이야기는 제1장~제6장(마지막 장)으로 이루어져 있으며 각 장의 주인공이 다릅니다.

즉, 당신은 다양한 인물의 관점에서 선택지를 고르며 이야기를 진행해야 합니다. 곳곳에 곤란한 상황이 펼쳐지겠지만, 이를 극복하기 위해서는 다양한 수수께끼와 암호를 풀어야 합니다.

문제를 해결하기 위해 다양한 부록을 사용해야 할 수도 있습니다.

모든 장소를 탐색하고 모든 정보를 음미하며 엔딩을 찾아 주세요. 건투를 빕니다!

게임을 진행하려면 다음 물건이 필요합니다.
시작하기 전에 준비하세요.

게임에 필요한 것 Preparation

필기도구

기입란에 내용을 적기 위한 도구.
연필처럼 지울 수 있는 필기도구
가 있으면 더욱 좋습니다.

계산기

간단한 숫자 계산을 해야 합니다.
미리 준비해 두면 편리합니다.

메모지

퍼즐을 풀거나 정보를 정리하기 위
해서 지도 및 어드벤처 시트와 별
도로 메모지를 준비하면 좋습니다.

가위 및 커터칼

책 뒤편에 삽입된 아이템을 깔끔
하게 잘라내기 위해 준비하면 좋
습니다.

PC, 스마트폰, 태블릿 등

마지막 해답을 특설 웹사이트에 입력하기 위해서는 인터넷
이 연결된 단말기가 필요합니다. 힌트도 웹사이트에 수록되
어 있습니다.

구성품은 하나라도 빠지면 게임을 진행할 수 없습니다.
분실하지 않도록 주의하세요.

게임북

이 책입니다. 책의 모든 구성품을
사용합니다.

지도, 주민 리스트

이 책 앞, 비닐 봉투에 들어 있습니다.

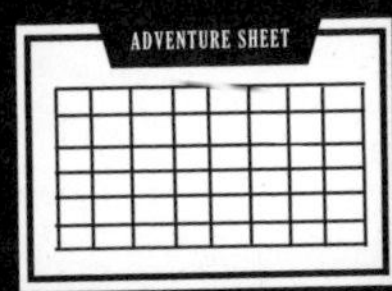

어드벤처 시트

이 책 앞, 비닐 봉투에 들어 있습니다.

잘라 쓰는 아이템
부록① 양피지
부록② 코인
부록③ 톱니바퀴
부록④ 돌판

이 책 뒤에 삽입되어 있습니다. 지시
가 있을 때까지 잘라내지 마십시오.

해답 시트
부록⑤ 시험용지
부록⑥ 조사서

이 책 앞, 비닐 봉투에 들어 있습니
다. 지시가 있을 때까지 기록하지
마십시오.

규칙 설명

Rules

단락 진행법

선택지를 골라 가면서 단락을 이동합니다.

게임북이란 본문에 있는 선택지를 골라 가면서 이야기를 읽고 게임을 즐기는 책을 말합니다. 번호가 매겨진 "단락"의 문장을 읽은 후에 선택지를 고르고 지정된 번호의 단락으로 이동합니다. 이런 방법을 반복하면서 이야기를 진행해 주세요.

본 게임북은 435개의 단락으로 구성되어 있습니다. 단락을 찾을 때는 오른쪽 페이지의 바깥쪽에 표시된 탭을 참고하면 편리합니다.

예  오른쪽으로 간다 ➜ 100으로

▶ 100번 단락으로 이동한다.

또한, 각 단락에 적혀 있는 마크 뒤의 숫자는 직전에 읽은 단락의 번호입니다. 이전 단락으로 돌아가고 싶을 때 참고해 주세요.

예  80 ↺ 150

▶ 80번 단락의 직전 단락은 150번

지도에 적힌 숫자와 단락 번호는 서로 같습니다.

본 게임북은 장소를 이동하기 위해 지도를 이용합니다. 지도 위에 있는 번호와 단락 번호는 같으니 원하는 장소에 가고 싶을 때는 번지 숫자에 해당하는 단락으로 이동하면 됩니다.

예 　상점가(60번지)로 가고 싶을 때
　　▶ 60번 단락으로 이동한다.

제2장 이후에는 지도 위의 번지가 바뀝니다. 각 장의 지시에 따라 신행하세요.

또한 지도 위에는 몇 개의 빈칸이 있습니다. 게임을 진행하다 보면 빈칸에 번지를 적으라는 지시가 있으니 그때의 지시에 따라 주세요.

그 장소로 가고 싶을 때는 빈칸에 적은 번지에 해당하는 단락으로 이동하면 됩니다.

예 　【지도의 "에스테르다역"에 233이라고 기입】
　　이라는 지시가 나오면
　　▶ "에스테르다역"의 빈칸에
　　　233이라고 기입한다.

　　단, 직접 써넣은 번지는 해당 장에서만 유효합니다.

단서와 지시 번호를 정확하게 적어 주세요.

이야기를 진행하는 사이에 "단서"와 "지시 번호"를 기입하라는 지시가 나타납니다. 이 내용을 구성품으로 제공된 어드벤처 시트에 기입해 주세요. 어드벤처 시트에 단서가 적혀 있는 상태가 "단서가 있는" 상태입니다. 단락 끝의 선택지에 '단서 ●이(가) 있는 경우'라고 적혀 있으면 그에 해당하는 지시 번호를 그 단락 번호와 더한 숫자에 해당하는 단락으로 이동할 수 있습니다.

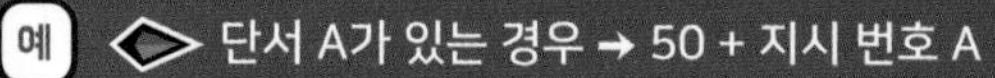

단서가 없어서 다음으로 진행할 수 없을 때는 그 단락의 번호를 메모해 두고 다른 장소를 탐색하여 단서를 찾은 뒤에 해당 단락으로 돌아오면 편리합니다.

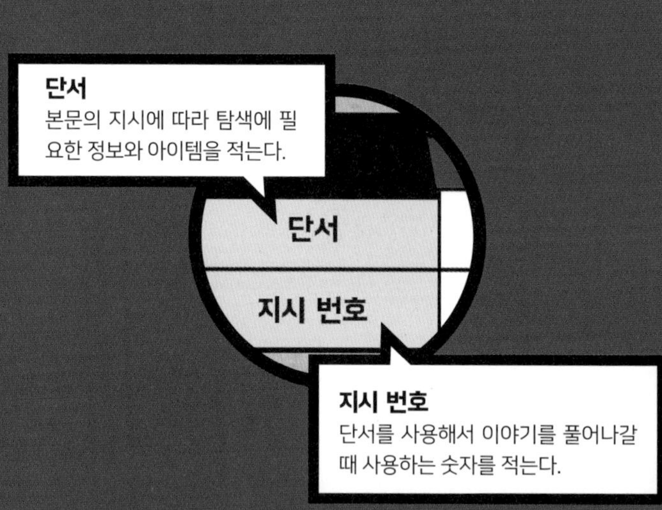

주민 리스트 사용법

게임을 진행하다가 만난 주민의 정보를 정리합니다.

지도 뒷면에는 주민 리스트가 있습니다. 조건①~③은 빈칸이며 게임을 진행하다 보면 내용을 적으라는 지시가 나타납니다. 지시에 따라 조건을 기입해 주세요.

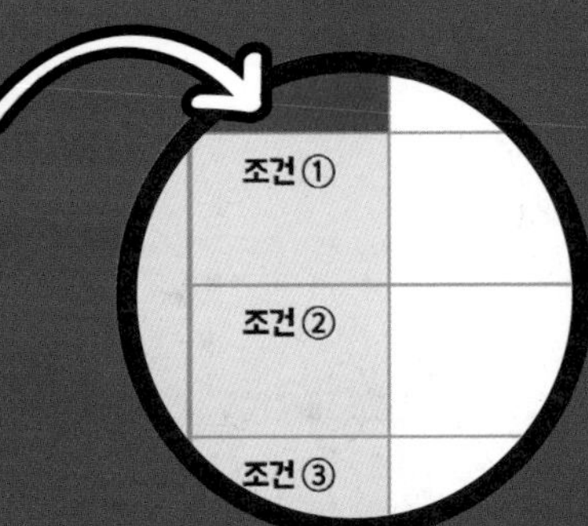

퍼즐 · 수수께끼에 대하여

도저히 퍼즐이 풀리지 않을 때는 힌트를 참고하세요.

본 게임북에서는 퍼즐이나 수수께끼를 풀지 못하면 다음으로 지나갈 수 없는 곳이 있습니다. 구석구석 탐색하여 두뇌를 최대한 사용해야 합니다. 도저히 풀리지 않는 퍼즐이 있다면 특설 웹사이트(32 페이지 참조)의 힌트를 이용해 보세요.

게임을 클리어하는 방법

모든 내용을 읽었다면 특설 웹사이트에 접속!

이 책 어디에도 이야기의 엔딩이 기록되어 있지 않습니다. 마지막 이야기까지 진행했다면 특설 웹사이트에 접속해 주세요. 올바른 해답을 기입하면 엔딩 스토리를 읽을 수 있습니다.

Q. 퍼즐을 풀 수가 없어요. 해답은 어디에 있나요?

퍼즐이나 수수께끼의 해답은 책과 웹사이트에는 수록되어 있지 않습니다. 풀릴 때까지 두뇌를 최대한 사용해야 합니다.

Q. 게임 진행법을 모르겠어요.

우선 이 책 2페이지의 프롤로그를 읽은 후, 책 앞에 들어 있는 지도를 펼치세요. 원하는 장소에 가고 싶을 때는 지도에 적힌 숫자(번지)에 해당하는 단락으로 이동합니다. 단락을 찾을 때는 오른쪽 페이지의 바깥쪽에 표시된 탭을 참고하면 편리합니다. 이 책의 12페이지부터 적혀 있는 규칙 설명에 자세한 진행법이 기재되어 있습니다.

Q. 단서와 지시 번호를 알고 있는데도 올바른 단락으로 이동할 수 없어요.

어드벤처 시트에 지시 번호를 제대로 기입했다면 게임 진행이 막히지는 않습니다. 수수께끼를 제대로 풀었는지, 숫자를 잘못 기재한 부분은 없는지, 계산에 실수가 없었는지 다시 한번 확인해 보세요.

Q. 스포일러를 공개해도 되나요?

스포일러는 게임에 도전할 사람의 즐거움을 빼앗기 때문에 절대로 해서는 안 되는 행위입니다.

Q. 클리어하기까지 시간은 얼마나 걸리나요?

당신의 수수께끼 해결 능력에 따라 다릅니다. 수수께끼마다 아이디어가 번뜩인다면 하루 만에 끝낼 수도 있습니다. 그러나 이곳저곳에서 정체된다면 1년이 지나도 클리어하지 못할 수도 있습니다. 특설 웹사이트에 게재된 힌트를 이용하면서 끝까지 포기하지 말고 최선을 다해주세요.

Q. 마지막 이야기까지 모두 읽으면 어떻게 하나요?

책을 끝까지 읽었다면 지시에 따라 특설 웹사이트에 접속해 주세요. 그곳에서 끝까지 읽은 경우에만 알 수 있는 올바른 해답을 기입하면 엔딩 스토리를 읽을 수 있습니다.

Q. 구성품을 잃어버렸어요.

잃어버린 구성품을 다시 보내드리거나, 구성품만을 별도로 판매하지는 않습니다. 만약, 구매 당시에 구성품이 없거나 불량이 발견되었다면 출판사로 연락 주시기 바랍니다.

도서출판 아이콕스 icoxpub@naver.com

Q. 오탈자를 발견했어요.

책을 제작할 때 주의를 기울이고 있지만, 만약 오탈자를 발견했다면 출판사로 연락 주시기 바랍니다. 중요한 오탈자나 오류가 있다면 출판사 홈페이지를 통해 알려드리겠습니다.

복잡하면서도 기이한 이 게임북을 효율적으로 클리어하기 위한
포인트를 정리했습니다.

책갈피나
접착식 메모지를 이용한다

선택지가 많은 단락, 수수께끼의
힌트가 있는 단락 등에는 책갈피
나 접착식 메모지를 끼워두면 편
리합니다. 메모지는 용도별로 색
상을 구별해서 사용할 것을 권장
합니다.

단서가 될 것 같은 내용은
모두 메모한다

이 게임북에는 각 단락에 직전 단
락의 번호가 적혀 있지만, 게임북
의 특성상 단락을 몇 개씩 거슬러
오르기란 쉬운 일이 아닙니다. 중
요하다고 생각되는 정보는 메모
합시다.

구성품은 봉투나
클리어 파일에 정리해 둔다

구성품을 책에서 꺼낸 뒤에는 분
실하지 않도록 봉투나 클리어 파
일에 넣어 보관하세요. 구성품은
다시 보내드리지 않습니다.

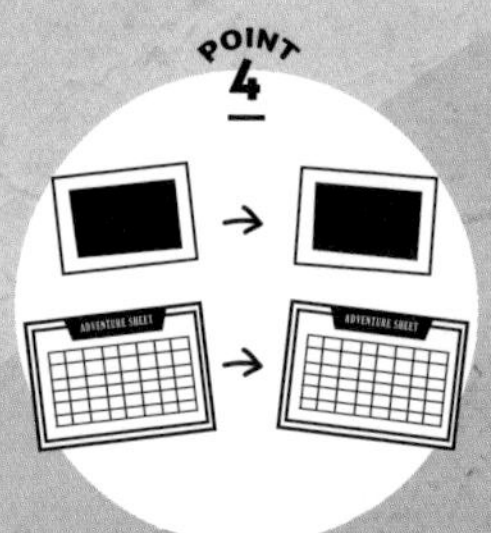

지도나 어드벤처 시트를
복사한다

지도나 어드벤처 시트에 정보를
기입하다 보면 복잡해질 수 있습
니다. 미리 복사해 두면 좋습니다.

아직 획득하지 못한 '단서'를 사용하는 단락을 메모한다

규칙 설명에도 기재된 것처럼 단서가 없어서 다음으로 진행할 수 없는 경우가 생길 수 있습니다. 그럴 때는 해당 단락의 번호를 메모해 두고 다른 장소를 탐색하여 단서를 찾은 뒤에 해당 단락으로 돌이오면 원할히 진행됩니다.

다른 사람과 함께 플레이한다

가족이나 친구와 함께 플레이하면 사소한 정보를 쉽게 발견하거나 번뜩이는 아이디어가 떠오를 가능성이 높아집니다. 같이 이야기하며 서로 협력해서 이야기를 진행하는 것도 또 다른 즐거움입니다.

기간을 정해두고 집중해서 플레이한다

기간을 길게 잡고 플레이하면 등장인물이나 상황을 잊어버리게 됩니다. 시간에 여유가 있다면 마지막까지 한 번에 플레이할 것을 권장합니다.

특설 웹사이트에 게재된 힌트를 사용한다

특설 웹사이트에는 퍼즐이나 수수께끼의 힌트가 게재되어 있습니다. 도저히 퍼즐이 풀리지 않을 때 참고하세요. 하지만 스스로 퍼즐을 풀었을 때의 희열은 무엇과도 바꿀 수 없는 가치가 있습니다.

Rene

르네

여	어렸을 때 사라진 아버지를 찾고자 여행
14세	길에 오른 소녀. 아버지가 남겨 주신 열리
소녀	지 않는 작은 상자를 항상 지니고 있다.

Dali

달리

남	신출귀몰한 괴도. 에스테르다 마을에 출
연령 미상	몰해서 도난 사건을 일으켰으며 5년 전
	에 나타났다가 행적을 감추었다. 변장의
괴도	달인.

Paul

파울

<table>
<tr><td>남</td><td rowspan="3">사설탐정. 에스테르다 마을은 평화로운 관계로 큰 사건이 일어나지 않아 유유자적한 삶을 보내고 있다. 취미는 낚시.</td></tr>
<tr><td>37세</td></tr>
<tr><td>탐정</td></tr>
</table>

남	남쪽 숲의 터줏대감인 부엉이와 마음으로 교감하는 소년. 몇 해 전에 공예가인 어머니를 여읜 후로 마을 외딴곳에서 혼자 생활하고 있다.
12세	
소년	

Correggio

코레조

남	에스테르다 마을에서 수리점을 운영하는
47세	남자. 도박에 빠져 있어 어떤 것이든 도박
수리공	에 갖다 바치는 탓에 아내가 학을 뗀다.

Redon

르동

남	독학으로 의학을 익혀 마을 외곽에 작은
51세	진료소를 차린 노력파. 가난한 사람에게
의사	는 진찰료를 받지 않기도 한다.

Durer

뒤러

남	언제나 주점에서 술잔을 기울이며 취해 있는 남자. 모르는 것이 없는 정보통이지만, 사람을 싫어하여 자신이 인정한 사람만 대화한다.
34세	
정보통	

Lautrec

로트렉

남	에스테르다 마을의 촌장. 마을의 발전을
54세	위해 아낌없는 노력을 쏟으며 주민들의
촌장	선망도 두텁다. 딸 카드리유를 매우 아
	낀다.

Quadrille

카드리유

여	로트렉 촌장의 딸. 올해 축제 때는 남쪽
16세	숲에 있는 사당에서 의식을 치를 예정.
촌장의 딸	요즘은 연인과의 관계로 인해 고민이 있는 듯하다.

푸생

남	남쪽 숲의 입구를 지키는 노인. 어머니를 여읜 조이도 보살피고 있다. 진한 사투리를 쓴다.
66세	
숲의 파수꾼	

Munch

뭉크

남	이전 자경단 소속이었으며 파울과 친한
37세	사이였지만, 몇 해 전에 돌연 실종되었
병사	다. 코레조와 함께 도박을 즐겼다.

폴록

남	고대 유적에서 뇌 활동까지 다방면으로
32세	연구하는 학자. 마을 주민들은 도움되지
학자	않는 그의 연구를 하찮게 여긴다.

Website 접속 방법

이 게임북을 마지막까지 읽었다면 특설 웹사이트에 접속한 후,
질문에 답변을 입력하세요.

www.icoxpublish.com/dgamebook/04/

1 위에 기재된 URL에 접속합니다(PC, 스마트폰).

2 "마지막까지 읽은 분은 여기로"를 클릭합니다.

3 내용을 모두 읽은 분만 알 수 있는 질문에 답변을 입력합니다.

4 답변이 맞으면 화면에 나오는 지시에 따라 해답을 입력합니다.

5 정답인 경우 게임 클리어. 엔딩 스토리를 읽을 수 있습니다.

주의

- 스포일러는 타인의 즐거움을 빼앗기 때문에 절대로 해서는 안 되는 행위입니다. 스포일러 및 공략법에 대해서 블로그 및 소셜 미디어 등 인터넷 상에 올리지 말아 주세요.
- 출판사에서는 수수께끼의 해답과 공략법에 대한 질문에는 답변하지 않습니다.

리얼 탈출북 vol. ❹

르네와 불가사의한 상자

─── 소녀는 그 마을에서 과거의 꿈을 꾼다 ───

※ 게임을 시작하려면 **2페이지**의 프롤로그부터 읽으세요.

1번 단락은 아직 읽지 말아 주세요.

01 ↩ 381

앞면이군. 오늘의 임무는 쉽다."

"그럼 나는 어렵다 쪽에 걸겠네."

그렇게 말한 파울은 코레조에게 돈을 맡겼다.

【단서 a에 '쉽다', 지시 번호 a에 23이라고 기입】

◆ 임무에 대해서 자세히 물어본다. → 288로

02 ↩ 214

찬스는 반드시 온다. 달리는 침착하게 때가 오기를 기다렸다. 그때 한 남자가 촌장에게 다가와 어깨를 두드렸다.

"촌장님 벌써 꽤 어두워졌어요. 이제 캠프파이어용 장작에 불을 붙이시겠어요?"

"어, 그렇지 그렇지."

촌장은 남자와 함께 가버렸다.

"음. 곤란하게 됐구만. 다시 한번 시도할 수밖에. 아니, 촌장에게서 열쇠를 훔치는 건 어려울지도 모르겠어…"

03 ↩ 54

르네는 아버지를 찾기 위해 여행을 하고 있다는 사실을 탐정에게 말했다.

"예전에 스파이였던 남자를 말하는 건가…?"

탐정은 책상 위에 놓여있는 커피 접시를 다시 돌리기 시작했다.

"아쉽지만 그런 사람은 모르겠구만. 그나저나 이 마을엔 어째서 들른 거지?"

"차가 고장이 났어요."

"그런 거라면 코레조 수리점으로 가보는 게 좋겠어. 코레조는 도박에 빠져있지만 실력 하나는 확실하거든. 정말이지 도박은 패가망신의 지름길인데…. 그렇지, 빔보?"

파울은 그렇게 말하며 고양이를 쓰다듬었다. 고양이 목걸이에는 〈D〉라는 글자가 새겨진 배지가 빛나고 있다.

"빔보인데 〈D〉라니…."

◆ 단서 C가 있는 경우 → 3 + 지시 번호 C

(**04**) ↻270

르네는 에스테르다 마을 역사를 펼쳐 자경단에 대해 조사했다.

《1945년 7월. 에스테르다 마을에 자경단이 결성된다. 단원은 로트렉, 파울, 뭉크, 뒤러, 폴록, 푸생, 코레조, 르동으로 총 8명》….

(**05**) ↻367

"항상 수고 많으십니다."

"아니, 파울 씨가 아닌가. 오늘 아침 사건에 대해 조사하고 있는가?"

"그렇습니다."

"참으로 소란스럽게 됐구먼. 이 마을은 언뜻 보기엔 평화로워 보여도 말일세… 작년에는 한 해 동안 6명이나 행방불명되지 않았는가. 올해도 8월까지 벌써 5명일세. 그러더니 결국은 살인 사건이 일어나다니…. 같은 범인이라 보는가?"

"아직은 아무런 말씀도 드릴 수 없지만 가능성이 없지는 않을 것 같습니다. 지금은 수사 중이라서…."

"범인이 밝혀지면 알려주게나."

◆ 단서 P가 있는 경우 → 5 + 지시 번호 P
◆ 단서 Q가 있는 경우 → 5 + 지시 번호 Q

(06) ↩380

르네는 푸생을 향해 코인을 던졌다.
"어?"
푸생은 오른손으로 코인을 잡았다.
"코인? 주는 겐가?
"아니요. 돌려주세요."
"이상한 아가씨로군…."

(07) ↩323

달리는 성당 뒤쪽으로 돌아 들어갔다. 비석 앞에 웅크리고 앉아 있는 소년이 있다.
"성묘하러 온 건가?"
달리의 목소리에 소년이 뒤돌아보았다.
"네."
소년은 고개를 끄덕이고는 묘지에 흰색 꽃을 올려 놓았다.
"엄마 무덤이에요. 우리 엄마는 이 꽃을 좋아했어요."
비석에는 〈프리다〉라는 이름이 새겨져 있다.
"…어머니가 계시지 않아서 외롭다고 생각해?"
약간의 뜸을 들인 후 소년이 대답했다.
"네. 엄마가 계셨을 때를 생각하면 쓸쓸해요. 그래도 그런 추억이 있는 것은 매우 좋은 일이라고 조금 전에 만난 여자아이가 말해줬어요."

◆ 단서 J가 있는 경우 → 7 + 지시 번호 J

(08) ↩320

르네는 긴 의자에 앉아 있는 여자에게 말을 걸었다. 여자는 이 마을에서 수리점을 운영하고 있는 남자의 아내라고 했다.

"우리 남편은 도박에 빠져있어. 벌이도 전부 도박에 써버리니까 힘들지. 곧 있으면 아이도 태어날 텐데."

수리점의 아내는 그렇게 말하며 배를 어루만졌다.

"아기가 태어나는군요."

"이 애도 그런 사람이 아버지라니 불쌍하지 뭐."

문득 성당 입구 쪽으로 눈을 돌리니 가죽으로 만들어진 트렁크를 든 남자가 서 있다. 보라색 깃털이 달린 모자를 깊게 눌러써 얼굴은 잘 보이지 않는다. 남자는 긴 의자에 앉아 기도하고 있었던 듯했지만 어느샌가 일어나 성당에서 멀어지고 있다.

【단서 A에 '내기', 지시 번호 A에 12라고 기입】

09 ↵274

"**당**신에 대해서 알고 싶어요."

"말하지 않았던가? 나는 나에 대해서는 말하지 않는다는 주의라서."

"말해 주셔야 할 거예요. 5년 전, 당신에게 전령서를 건넨 사람이 누구죠?"

뒤러는 입으로 가져간 술잔을 멈췄다.

"…재미있는 질문이군."

"말 돌리지 말아요. 당신은 5년 전, 이 주점에서 알프레드 뭉크에게 전령서를 건넸잖아요."

"어째서 그걸 알고 있지?"

"누구인가요? 당신에게 전령서를 건넨 사람은."

"그건…, 나도 잘 몰라. 그날 자경단의 조사를 마치고 집으로 돌아가 보니 우리 집에 전령서가 와 있었어. 뭉크에게 보내는 전령서였는데 성격 좋은 나는 그 녀석에게 전달해 주었지."

"…그렇군요."

"…뭐 전혀 짐작이 가지 않는 건 아니야. 그 전령서에는 우리 자경단 단원만 알 수 있는 비밀 마크가 그려져 있었거든."

"전령서를 쓴 사람은 자경단 단원 중 한 사람이라는 거군요."

"그렇지. 그래서 뭉크는 전령서를 믿고 임무를 하러 갔다가 행방불명된 것이지 싶어…"

뒤러는 더 이상 아무런 말도 하지 않고 버번이 들어 있는 술잔을 빤히 쳐다보았다.

뒤러가 술에 잔뜩 취하거나 시험 같은 걸 내며 사람을 믿지 않게 된 것도 전령서를 전달한 책임감을 느꼈기 때문일지도 모른다고 르네는 생각했다.

"뭉크 씨에게 보내는 전령서는 봉투에 들어 있었나요?"

"응. 이 봉투지."

르네는 뒤러가 품속에서 꺼낸 봉투를 받아 들었다. 거기에는 〈알프레드 뭉크에게 보내는 전령〉이라고 적혀 있다. 르네는 그 글자를 보고 깜짝 놀랐다. 가짜 괴도 달리, 카를을 살해한 범인의 은신처에 있던 노트의 글자와 같은 필적이었다.

"5년 전, 아버지를 살해한 〈행방불명의 사신〉은 자경단의 단원 중 한 사람. 그리고 가짜 괴도 카를 블랙을 살해한 범인과 동일 인물이야…!"

【지도의 뒷면 '주민 리스트'의 조건 ③에 '자경단 단원'이라고 기입. 이후, 조건에 부합하는 인물이 있으면 리스트에 체크할 것】

(**10**) ↩373

달리는 숲을 지키는 노인에게 말을 걸었다.

"안녕하세요? 어르신은 과거 순례 축제에 가지 않나요?"

"그래. 여기서 하루 종일 숲을 지켜야 하네. 오늘은 숲속 사당에서 의식이 있으니까 말일세."

"그렇군요. 올해는 카드리유가 의식을 치른다지요?"

"그렇지. 카드리유 씨는 조금 전에 숲으로 들어갔네만 평소와는 조금 다르달까…. 분명 긴장한 탓일 게야."

◆ 숲으로 들어간다. → 419로

◆ 단서 K가 있는 경우 → 10 + 지시 번호 K

(**11**) ↩335

문을 노크하자 푸른 눈의 아름다운 여성이 얼굴을 내밀었다.

조이의 엄마 프리다이다.

"어머, 뭉크 씨. 자경단 순찰 중이신가요?"

프리다는 옅은 미소를 지으며 속삭이는 듯한 목소리로 말했다.

"프리다, 안색이 좋아 보이지 않는데 괜찮은 거야?"
"네, 괜찮아요. 그나저나 오늘은 조금 덥네요…."
"맞아. 수분을 자주 섭취해야 해. 조이는?"
"남쪽 숲으로 놀러 갔어요."

12 ♩435

르네는 온 힘을 다해 부엉이의 뒤를 쫓았다. 부엉이는 곧장 르네를 숲속 사당으로 안내했다.
"여기 있다! 이제 의식을 무사히 마치기만 하면…."
르네는 의식의 랜턴을 들어올려 숲속 사당을 비췄다. (아래 그림 참고)

【수수께끼를 풀어서 나타나는 숫자에 해당하는 단락으로】

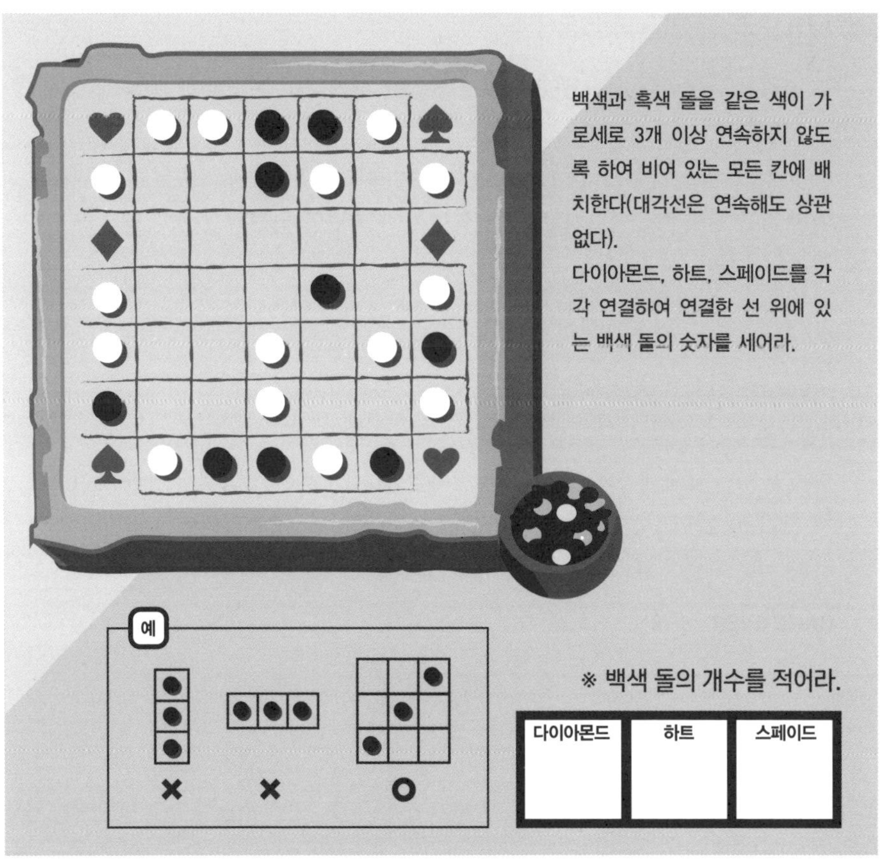

문을 두드리자 폴록이 얼굴을 내밀었다.

"폴록 씨, 이렇게 늦은 시간까지 연구하고 있는 거예요?"

"그래! 나는 하루 3시간 정도 자면 충분하거든! 지금은 저쪽 섬과 이 마을의 지질이 무엇이 다른지 조사하고 있어. 그렇다고는 하나 저쪽 섬으로는 건너갈 수 없으니 추측할 뿐이지만 말이야. 아마도 수천 년 전에 저쪽 섬에 떨어졌다는 운석의 영향이 있는 것 같아! 분명, 아마도."

"어쩐지 어려운 연구를 하고 있는 모양이네요."

"운석 파편이라도 있으면 연구가 더 순조로울 텐데…."

"**나**를 따라와."

세 사람은 내달리기 시작했다. 침입자를 찾는 도적들의 눈을 피해 몸을 숨기며 출구로 향한다.

하지만 2층으로 내려간 순간 순찰을 하던 남자와 정면충돌하고 말았다. 달리는 보이지 않을 만큼 빠른 속도로 다리를 걸어 남자를 넘어뜨렸다.

"뛰어!"

세 사람은 통로를 빠져나갔다. 뒤에서는 도적들이 쫓아온다.

"으앗!"

계단 바로 앞에서 조이가 넘어졌다. 다친 다리에 걸린 것이다.

"조이!"

달리는 저도 모르게 멈춰 서서 뒤를 돌아보았다. 그 순간 목뒤에서 강한 충격을 느낀 달리는 그대로 앞으로 고꾸라지듯 쓰러졌다. 바위 뒤에 숨어있던 남자가 뿌듯하다는 듯 웃으며 르네와 조이에게 다가간다.

GAME OVER

15 ↩232

폴록은 흥분한 듯한 모습으로 르네가 모아온 두루마리를 읽기 시작했다.

그리고 한참 동안 눈을 감고 있더니 썩 신기한 표정으로 입을 열었다.

"르네. 이 두루마리와 돌을 분석한 결과로 드디어 전설의 수수께끼를 풀었어."

"네? 정말인가요?"

"응. 수천 년 전에 저쪽 섬에 떨어진 운석은 이루 말할 수 없이 강력한 자력을 갖고 있었다고 해. 만약 이 운석에 닿을 만큼 가까이 다가가면 그 자력으로 뇌신경이 자극을 받아 과거의 환영을 보는 현상이 일어나는 게 아닐까? 바로 〈자기 섬광 현상〉이라는 것이지."

"〈자기 섬광 현상〉…. 그럼 전설처럼 실제로 과거로 갈 수 있는 건 아니라는 거네요?"

"아마도 선조들이 그렇게 생각한 건…. 분명, 아마도…."

폴록의 말문이 막혔다.

"이 운석의 자력은 지나치게 강해. 만약 직접 닿는다면 죽음을 면치 못할 거야. 선조들은 그렇게 죽은 사람을 〈과거로 여행을 떠났다〉고 생각한 게 아닐까?"

"그렇군요…."

◆ 전설의 보석 우포나티메에 대해서 물어본다. → 182로

16 ↩75

전화번호부를 펄럭펄럭 넘긴다. 그러자 무언가 기억을 건드려 손이 멈췄다.

"파울 아저씨, 뭔가 있어요?"

"…여기 이 표시의 색깔."

전화번호에 보라색 펜으로 남긴 표시가 있다.

"피해자의 메모에 적힌 글자도 같은 보라색이었어."

"그럼 달리 아저씨는 거기에 전화를 걸었던 걸지도 모르겠네요."

"이 전화번호는 에스테르다 호텔이야. 250번지로군."

【지도의 '에스테르다 호텔'에 250이라고 기입】

17 [illegible]averaging5

"할아버지, 보라색 깃털 달린 모자를 쓴 남자를 못 보셨나요?"

르네는 숲을 지키는 노인에게 물었다.

"그런 사람은 본 적 없는데."

18 ↰343

달리는 문을 두드렸다. 대답은 돌아오지 않는다. 아무래도 소년은 집을 비운 것 같다.

19 ↰5

"이 트렁크를 본 적 없으십니까?"

"이 숲에 그런 걸 갖고 있는 사람이 있다면 싫어도 기억할 텐데 말일세. 아쉽게도 본 적 없네만."

20 ↰92

나는 저쪽 섬에 상륙했다. 섬은 숲으로 뒤덮여 있다. 주변은 깜깜하지만 눈앞에 보이는 바위산 정상에 유적의 그림자가 희미하게 보인다.

나는 발밑을 랜턴으로 비췄다가 악, 하고 소리 질렀다. 그곳에 떨어져 있는 건 자경단 모자였다. 안쪽에는 〈P〉라는 자수가 새겨져 있다. 파울의 모자다. 역시 유적을 조사하러 간 것인가?

◆ 유적으로 향한다. → 398로

◆ 오두막으로 향한다. → 261로

◆ 섬 안을 찾아본다. → 241로

21 ↰370

통나무 오두막에는 아무도 없는 것 같다. 하지만 책상 위에 놓여있는 찻잔에서는 수증기가 피어오르고 있다.

(22) ↩87

"파울, 왔구만."

르동이 땀을 닦으며 말했다.

"덕분에 오늘 아침에는 느긋하게 커피도 마시지 못했다고. 피해자 신원은?"

"아직 밝혀지지 않았어. 그런데 이 남자… 괴도 달리야."

"…뭐?"

"어제 촌장 저택에 배달된 달리의 예고장과 이 남자가 가지고 있던 수첩의 필적이 일치해. 틀림없을 거야."

르동은 수첩을 꺼냈다. 적혀 있는 내용은 모두 시시한 내용으로 단서가 될 만한 내용은 없었다.

"…그렇군. 발견자는?"

"호숫가를 산책하던 폴록이 발견해서 나를 불렀어. 서둘러서 왔는데도 이미 숨이 멎어 있었지."

◆ **폴록의 이야기를 듣는다.** → 222로

(23) ↩3

"이 고양이 설마…."

르네는 주점 마스터에게 받은 〈시험용지〉를 고양이에게 보여주었다.

"응? 뭐야, 뒤러의 시험을 치고 있다는 사람이 너였어?"

탐정은 책상 위에 있던 종잇조각을 르네에게 건넸다. (오른쪽 그림 참고)

"그 남자를 썩 좋아하지는 않는데 말이야. 항상 빔보에게 사료를 챙겨주니까 가끔 협조하곤 하지. 어디 보자, 빔보. 그 배지 이제 풀어줄게."

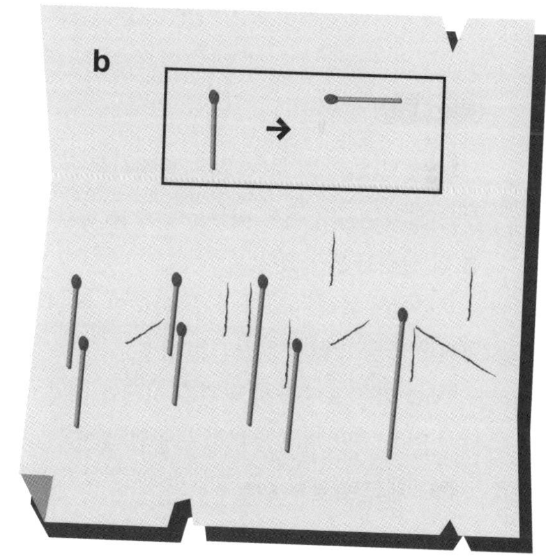

(24) ↩ 220

“**어**이! 르네!”

르네는 대답할 기운도 없이 가게 앞을 지나쳤다.

“저 아이 무슨 일 있는 걸까?”

가게 앞으로 나온 아내가 코레조에게 물었다.

“잘은 몰라도 조금 걱정이긴 하군.”

(25)

하루카인 광장에는 자경단 단원들이 모여 있다.

4년 전 전쟁이 끝났을 때 군대와 경찰은 치안 기관으로서의 역할을 수행하지 못했다.

마을 사람은 자경단을 결성해서 마을의 평화를 그들에게 맡겼던 것이다.

자경단 단원은 모두 8명이다.

갓 촌장으로 당선한 로트렉, 수리점의 코레조, 의사 르동, 성격 좋은 뒤러, 자칭 학자인 폴록, 벌목꾼 푸생, 그리고 파울과 나.

◆ 오늘의 임무를 묻는다. → 202로

◆ 단서 d가 있는 경우 → 25 + 지시 번호 d

(26) ↩ 289

마을로 돌아온 두 사람은 탐정사무소 앞 갈림길에서 헤어졌다. 르네는 광장 부근에 있는 숙소에서 머무르며 오늘 하루 진행한 수사를 되짚었다. 그리고 르네는 한 사실을 알아챘다.

호수에서 살해된 남자, 카를 블랙이 쓴 편지지의 필적과 어제 만난 괴도 달리의 필적은 조금도 닮지 않았다는 사실.

“오늘 아침 호수에서 발견된 시체와 내가 어제 만난 괴도 달리는 다른 사람…? 내가 어제 만난 괴도 달리는 누구인 걸까?”

◆ 제4장으로 → 67로

27

하루카인 광장은 지난밤 축제 후 정리가 이루어지고 있었다. 기념탑에서 삼각기를 내리는 사람과 노점의 골조를 해체하는 사람, 여느 때와 다름없이 강아지를 산책시키는 사람과 조깅을 즐기는 사람도 있다. 충격적인 사건이 있었지만 마을 사람은 가능한 한 평소와 다름없는 생활을 보내려고 애쓰는 것 같았다.

◆ 단서 P가 있는 경우 → 27 + 지시 번호 P
◆ 단서 Q가 있는 경우 → 27 + 지시 번호 Q

28 ↵218

"뒤러를 만나러 왔어요."

르네가 마스터에게 말했다.

"뒤러는 벌써 잠들었어. 한 가지 말해주자면 자고 있는 사람을 깨워봤자 아무런 도움도 되지 않을 거야. 완전히 깰 때까지 세 시간은 술을 마셔야 하거든!"

29 ↵10

"아니요. 그 사람은 카드리유 씨가 아닐 가능성이 높습니다."

"뭐라? 그 말이 정말인가? 곧장 로트렉 촌장에게 알려야 하네!"

"혹시 평소와 다른 점이 있었는지요?"

"다른 점이라면…. 조금 전에 오두막에서 식사를 하고 있을 때 숲속에서 피리 소리가 들렸네만. 그건 분명 조이의 피리 소리였지."

【단서 L에 '조이의 피리', 지시 번호 L에 3이라고 기입】

30

하루카인 광장에서는 축제가 시작되고 있었다. 마을 주민으로 결성된 아마추어 악단이 경쾌한 음악을 연주하고 화려한 의상을 입은 사람들이 춤추고 있다. 북적이는 곳 가운데를 분장한 어린이들이 웃으면서 가로지른다.

한 가운데에 서 있는 기념탑에서 조금 떨어진 곳에서는 기사 옷을 입은 남자들이 표창장 수여식을 거행하고 있다.

◆ 표창장 수여식을 본다. → 143으로
◆ 기념탑을 본다. → 276으로
◆ 축제에 대해서 물어본다. → 404로

(31) ℓ 100

르네는 호숫가에 웅크리고 앉았다. 물결이 다가올 때 물이 구르는 듯한 소리가 기분 좋아서 르네는 한참 동안 호수를 바라보았다.

그러다 문득 정신을 차리니 물결이 일렁이는 곳에 작은 열쇠가 떨어져 있는 것이 보였다.

"…그러고 보니 어제 시체가 발견된 곳도 이 근처였네. 혹시 가짜 괴도 달리가 갖고 있던 열쇠인가?"

열쇠 손잡이에는 해골이 새겨져 있다.

【단서 m에 '해골 열쇠', 지시 번호 m에 40이라고 기입】

(32) ℓ 377

"어떤 시험인가요?"

"이 마을에는 뒤러의 부하들이 아주 많지. 가슴에 〈D〉라는 배지를 달고 있는 자들이다. 그자들을 만나면 이 종이를 보여주면 돼."

마스터는 가슴 주머니에서 작은 종잇조각을 꺼냈다.

"뒤러라는 사람은 사람도 잘 믿지 못하고 성가신 사람이군요."

르네는 낚아채듯 그 종잇조각을 받아들었다.

【단서 C에 '뒤러의 시험', 지시 번호 C에 20이라고 기입】

【책 앞에서 부록 ⑤ '시험용지'를 꺼낸다. 탐색하며 수수께끼를 풀어서 나타나는 숫자가 암호】

(33)

축제는 절정을 맞이하고 있다. 기념탑 주위에서는 촌장이 마을 사람들에게 인사하고 있다. 달리는 광장에 있는 사람들의 북적임과 악단의 연주, 그리고 기도하는 목소리가 파도처럼 밀려와 승화되는 듯한 느낌이 들었다.

◆ 마을 사람들의 대화를 듣는다. → 196으로

◆ 기념탑을 본다. → 79로

◆ 단서 H가 있는 경우 → 33 + 지시 번호 H

◆ 단서 N이 있는 경우 → 33 + 지시 번호 N

(34) ↩188

톱니바퀴 수수께끼를 풀자 두 자리 숫자가 드러났다.

" 이 번호로 트렁크를…."

톱니바퀴 수수께끼를 풀어서 구한 두 자리 숫자로 트렁크의 비밀번호가 풀렸다. 그 속에는 보라색 깃털이 달린 모자가 들어 있다. 모자를 벗고 트렁크에 넣어서 맡겨 둔 것이리라.

"아저씨, 이거!"

르네가 트렁크 주머니에서 남자의 신분증 케이스를 발견했다. 신분증에 있는 사진은 오늘 아침 히트로코 호수에서 발견한 남자와 동일 인물이었다.

"이름은 카를 블랙. 남성. 36세군. 음?"

신분증 케이스 속에는 작은 메모가 끼워져 있다.

> 드디어 전설의 보석 우포나티메를 손에 넣었다.
> 오늘 밤 히트로코 호수에서 보석 의뢰인에게 넘겨주기로 약속했다.
> 하지만, 그자는 부서운 남사.
> 이 신비로운 힘을 가진 보석을 넘겨줘도 괜찮은 것인가.

"전설의 보석을 손에 넣었다고? …폴록이 한 말이 사실이었다니."

"카를 씨를 죽인 사람이 이 〈의뢰인〉일까요?"

"그런 것 같군."

메모 아래쪽에는 〈금고 번호〉라는 글자와 의미를 알 수 없는 모양이 그려져 있다. (오른쪽 그림 참고)

【수수께끼를 풀어서 나타나는 숫자에 해당하는 단락으로】

35

아무도 없는 광장 한가운데에 검은 기념탑이 조용히 서 있다.

"르네 여기에서 저쪽 섬으로 건너가는 방법을 찾을 수 있을까?"

르네는 고개를 가로저었다.

"아니. 여기에는 없는 것 같아. 다른 곳으로 가자."

36 ⮌ 172 · 422

르네는 방안을 둘러보았다.

몸집이 큰 남자가 나간 철문을 제외하고는 이 방에서 나갈 수 있을 법한 곳은 보이지 않는다. 작은 창이 하나 있지만 르네의 얼굴만 한 크기다.

"여기가 어딜까? 에스테르다 마을 안일까?"

르네는 작은 창을 통해 바깥 모습을 살폈다. 숲과 산밖에 보이지 않는다. 인적이 드문 곳에 와있는 모양이다. 큰 소리로 외치더라도 소용없을 것 같다.

"그래도 이 창문이라면…."

◆ 나는 빠져나갈 수 있을 것 같다. → 224로

◆ 나는 빠져나갈 수 없을 것 같다. → 421로

37 ⮌ 70

물품보관소에는 로트렉 촌장이 와 있었다. 촌장은 오래된 카드리유의 옷을 맡기러 온 모양이다.

"다음 바자회까지 맡겼으면 싶네."

"그럼 여기에 기입해 주세요."

촌장은 오른손으로 펜을 쥐고 용지에 기입했다.

물품보관소의 여자는 옷을 받아 들고 안쪽 창고로 들어갔다.

◆ 고객 명부를 본다. → 170으로

38 ↩ 25

나는 부엉이 새끼를 끌어안은 조이를 데리고 광장으로 갔다.

"르동, 이 아이가 안고 있는 부엉이 말이야, 날개를 다친 것 같아. 한 번 봐주지 않겠나?"

조이는 슬픈 얼굴로 고개를 떨구고 있다. 르동은 몸을 숙이고 조이에게 미소 지어 보였다.

"조이, 네가 이 어린 부엉이를 구해준 거야?"

"네. 숲에서 아주 아파 보였어요. 혹시 살릴 수 있을까요?"

르동은 조이의 머리를 쓰다듬었다.

"괜찮아. 아저씨에게 맡겨 보렴."

조이의 얼굴이 환하게 밝아졌다.

"르동 선생님, 코로를 잘 부탁드립니다."

"코로?"

"네. 이 부엉이 이름 코로라고 지었어요."

조이는 부엉이를 르동에게 맡긴 후 내가 있는 쪽으로 와서 바지 주머니에서 돌 조각(아래 그림 참고)을 꺼냈다.

"이거 어렸을 때 숲속 사당 근처에서 주웠어요. 제 보물인데요, 저희를 도와준 보답으로 드릴게요. 오늘부터는 코로가 제 보물이니까요! 저, 어머니에게 보고하고 올게요. 뭉크 아저씨 나중에 우리 집에도 놀러 오세요!"

조이는 나에게 돌 조각을 건넨 후 광장을 달려 나갔다.

【단서 e에 '치료', 지시 번호 e에 20이라고 기입】

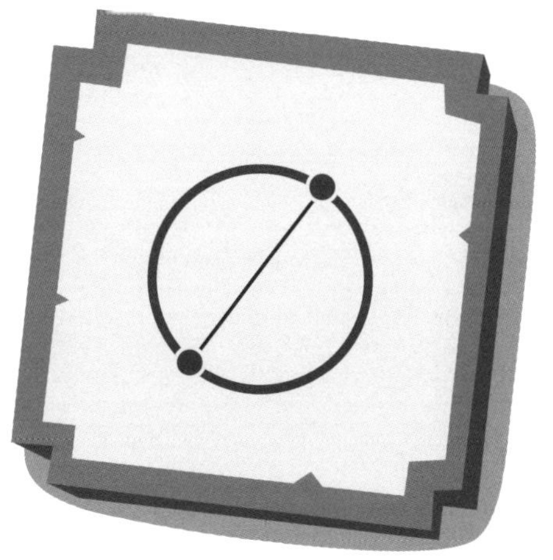

"파울 아저씨, 제가 사람들한테 물어보고 올게요!"

그렇게 말한 르네는 광장에 있는 사람들에게 묻기 시작했다. 한참이 지나자 르네는 뾰로통한 얼굴로 돌아왔다. 아무래도 성과가 없었던 모양이다.

"하아, 힘들다."

"고생했다. 음료수라도 마실래?"

"아니요. 괜찮아요."

"그래."

"아, 잠깐만요."

"르네는 부끄러운 듯 고개를 떨구었다.

"저… 아이스크림을 먹고 싶어요."

◆ 사준다. → 292로

◆ 사주지 않는다. → 374로

르네는 그만 지쳐버려 광장 기념탑 기둥에 걸터앉았다. 르네는 눈앞을 지나가는 마을 사람들을 바라보았다. 일하러 가는 남자도, 강아지를 데리고 산책하는 부인도, 함께 노는 어른과 아이도, 모두 자신이 살고 있는 세상과는 상관없는 것 같았다.

광장 구석에는 임시 장막이 펼쳐져 있다. 마을의 의사인 르동이 진료소까지 올 수 없는 환자를 위해 광장에 임시 진료소를 차리고 무료로 진료를 보고 있다.

◆ 임시 진료소 안을 살핀다. → 223으로

광장에 있는 사람에게 물어보았지만 유익한 정보는 얻을 수 없었다.

"축제에 심취해서 트렁크를 든 남자는 아무도 주시하지 않았나 보군…. 할 수 없지. 다른 곳으로 가보자."

42 ↵280

창고 안에는 다양한 물건이 방치되어 있다. 톱이나 망치와 같은 공구 외에도 망가진 바퀴와 타자기, 가죽 손가방 등이 있다.

르네는 창고 구석에서 금속 원통을 발견했다. 원통에는 라벨이 붙어 있다.

"뭐라고 쓰여 있어?"

"글자가 지워져서 정확하게 알 수는 없지만 조명탄 같아."

"그렇다면 어딘가에… 여기 있다!"

조이는 고물 사이에서 조명탄 총을 발견했다.

"높은 곳에서 쏘아 올리면 섬 전체를 볼 수 있을지도 몰라."

【단서 X에 '조명탄', 지시 번호 X에 9라고 기입】

43 ↵340

"무슨 일이라도 있어?"

르네의 목소리에 소년은 고개를 들었다. 르네보다 한 살이나 두 살쯤 어려 보이는 아름다운 파란 눈을 가진 남자아이였다.

"왠지 슬퍼 보이는 표정이야."

"응…. 오늘 엄마의 기일이야. 무덤에 들고 갈 꽃을 꺾고 싶은데 어제 열차 사진을 찍으려다 둑에서 다리를 삐끗했어."

소년은 수줍다는 듯 빙긋 웃었다.

"엄마가 살아 있을 때 둘이 함께 종종 히트로코 호수에 갔었어. 엄마는 호숫가에 피어 있는 히얀 꽃을 좋아했거든."

◆ 단서 F가 있는 경우 → 43 + 지시 번호 F

르네는 상점가의 지도를 펼쳤다. (아래 그림 참고)

'가장 짧은 경로로 가면 이길 수 있을 것 같아.'

"좋아요! 한번 해볼게요."

"이야기가 꽤나 잘 통하는 아이로군. 좋아, 그럼 내기 시작이다!"

【수수께끼를 풀어서 나타나는 숫자에 해당하는 단락으로】

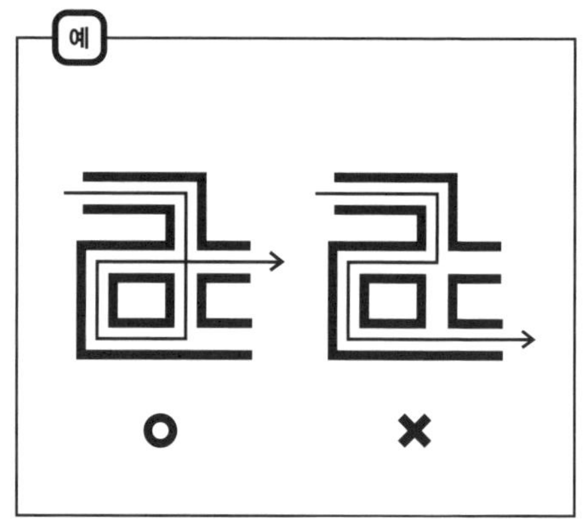

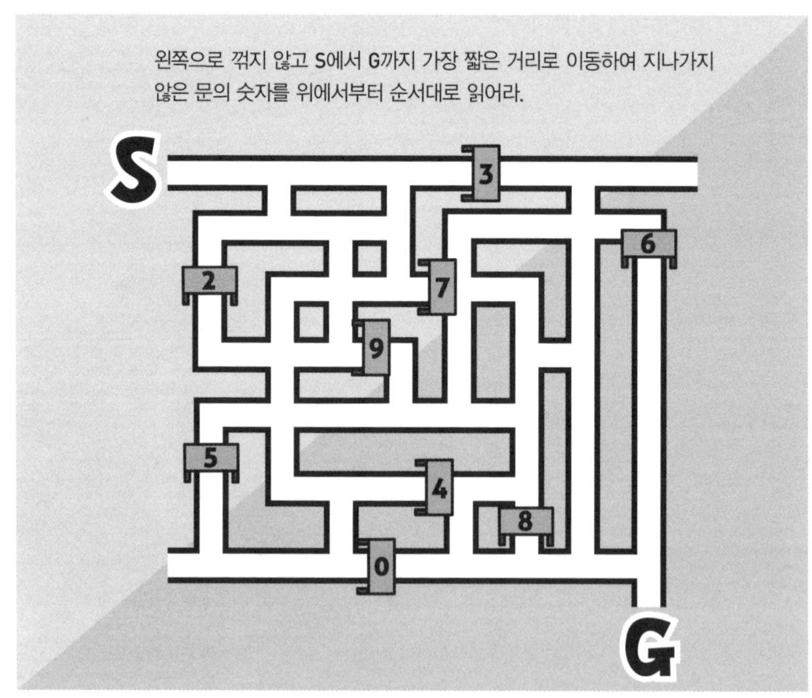

45 ↩332

르네는 방 한구석에 놓인 침대의 이불을 들췄다. 하지만 그곳에는 랜턴 빛에 흔들리는 시트만 있을 뿐이었다.

"아무것도 없어."

조이는 바닥에 납작 엎드려서 침대 아래를 랜턴으로 비췄다.

"여기도 아무것도 없어."

46 ↩7

달리는 〈비밀스러운 일족〉에 대해 소년에게 물어보기로 했다.

"잘은 모르지만요, 일족 중 한 사람의 무덤이 이 묘지에 있을 거예요. 확실하지 않지만요…. 여기 보세요. 그 무덤이에요."

달리는 소년이 가리킨 비석을 확인했다.

무덤은 〈마리나〉라는 당주의 것이었다. **그녀가 태어난 해는 짝수** 해이며 **24세**에 **당주**가 되었다고 한다.

"그럼 저는 가볼게요. 발을 삐끗해서 의사인 르동 선생님께 들렀다 갈 생각이에요."

"그래, 고마워. 조심히 가렴."

"**파**울, 정신 차려!"

"뭉크, 나는 더 이상 살 수 없을 거야…. 잘 들어. 그 녀석은 나를 너라고 생각하고 총을 쐈어. 너를 노리고 있었던 거야."

"나, 나를…?"

"그래. 그러니까 오늘부터 너는 나로 살아야 해."

"무, 무슨 말을 하는 거야! 그게 가능할 리 없잖아."

"너라면 할 수 있어, 뭉크. 아니… 괴도 달리."

"어… 어째서 그걸…!"

"알고 있었다. 몇 개월 전부터 우리 집으로 고대 유적에 대한 자료가 오고 있었어. 모두 훔친 것들이었지. 네가 한 일이잖아?"

"…맞아. 네가 기억을 되찾을 수 있는 방법이 이 고대 유적에 있는 거지? 오늘 촌장 창고에서 훔친 건 이거야."

◆ 훔친 자료를 보여준다. → 136으로

"**괜**찮다면 이 꽃 어머니 무덤에 가져다드리면 어떨까?"

르네는 호숫가에서 꺾은 빨간색 꽃을 소년에게 건넸다.

"고마워! 이따가 엄마 무덤에 가져다드릴게. 성당까지라면 어떻게 해서든 걸을 수 있을 것 같아."

【단서 F 및 지시 번호 F를 지울 것】

두 사람은 손을 꽉 붙들고 벼랑을 내려왔다. 내려오는 도중 강한 바람이 불어 르네는 위태롭게 바다에 빠질 뻔했다.

유령선의 돛은 너덜너덜하지만 선체는 튼튼한 모양인지 의외로 상처가 적었다. 흔들흔들 흔들리며 두 사람이 타기를 기다리는 것 같다.

두 사람이 올라타자 작은 배는 천천히 해안을 벗어나서 점점 저쪽 섬을 향해 다가갔다.

"신기해. 초승달이 뜨는 밤에는 조류가 정확히 저쪽 섬으로 흐르는 걸까?"

"어? 저건…."

갑자기 조이가 일어섰다.

"저게… 뭐야!"

조이의 목소리에 르네도 벌떡 일어섰다. 앞에 놓인 까만 바다에 하얀 파도가 맴돌고 있다. (아래 그림 참고)

"소용돌이야! 저런 소용돌이에 휘말리면 이렇게 작고 낡은 배는 버티지 못할 거야!"

"어… 어떻게 해서든 지나가야 해…."

【수수께끼를 풀어서 나타나는 숫자에 해당하는 단락으로】

S에서 G까지 모든 칸을 한 번씩 통과하며 이동한 후, 11 · 14 · 21번째 칸을 읽어라.

소용돌이를 만나면 왼쪽이나 오른쪽으로 꺾는다(직진할 수 없다).

"**그**건, 내가 이겼어, 뭉크."

"으윽…. 다시 한번! 다시 한번만 기회를 줘!"

"어쩔 수 없지. 마지막이야."

"카드 두 개를 모두 바꾸어 정확히 나오지 않는다면 이기기 힘들겠어."

◆ **포커를 한다.** → 311로

달리는 어두운 곳에 숨어 축제가 끝나기를 기다렸다. 오후 10시가 넘자 광장은 일제히 정적에 휩싸였다. 과거 순례 축젯날, 마을 사람들은 오후 10시가 되면 집으로 돌아가 잠을 청한다. 그리고 꿈속에서 과거에 헤어진 사람들과 재회한다.

달리는 모리스의 기념탑으로 다가갔다. 랜턴에 들어 있던 열쇠는 기념탑 문의 열쇠 구멍에 딱 들어맞았다.

"역시 여기였군…!"

문을 열자 지하로 이어지는 계단이 나타났다. 달리는 계단을 내려가 북쪽으로 곧게 뻗은 어두운 통로를 걸었다.

그러다 갑자기 발길이 멎었다.

누군가 보고 있는 것 같은 느낌이 들었다. 뒤를 돌아봐도 어두워서 내려온 계단이 보이지 않는다.

"…기분 탓인가."

다시 정신을 차리고 걷는다. 한참을 걷다 보니 막다른 길이 나타나고 녹슨 사다리가 위를 향해 이어져 있다.

◆ **사다리를 오른다.** → 127로

"**미**안하지만 지금은 그럴 여유가 없어."

"아, 그렇죠. 달리 아저씨가 살해당했는데 제가 철없이 그만. 우리 집에 숲을 지키는 할아버지 말고는 와주는 사람이 없어서 들떴나 봐요…."

 ⮐400

르네와 조이는 꺾인 날개에 뛰어올라 조종석을 들여다보았다. 계기판은 부서져 있지만 좌석 자체는 보존 상태가 양호하다.

"좌석 벨트도 고장 나지 않았어."

조이는 벨트의 작동 상태를 확인했다.

르네는 조종석에 쌓여 있는 마른 잎 가운데서 작은 수첩이 파묻혀 있는 것을 발견했다. 수첩은 낡아서 여기저기 찢어져 있으며 남아 있는 것은 맨 처음 몇 장뿐이었다. 거기에는 의미를 알 수 없는 문자가 나열되어 있었다. (아래 그림 참고)

"이건 암호? 수첩에 다른 페이지가 있으면 해독할 수 있을지도 모르겠는데…."

【이 페이지를 기억해 둔다. 탐색하며 수수께끼를 풀어서 나타나는 숫자에 해당하는 단락으로】

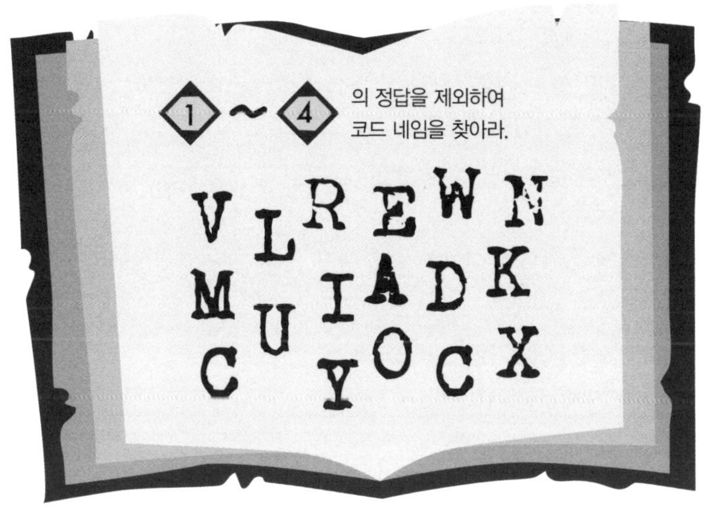

"**실**례합니다."

르네는 문을 열고 사무소 안을 들여다보았다.

남자가 한 손으로 턱을 괸 채 책상에 앉아 있다. 남자는 다른 한 손으로 연신 커피 접시를 돌리고 있다. 들리지 않았던 걸까. 르네가 다시 한번 말을 걸려던 순간 남자가 손을 앞으로 뻗어 르네의 행동을 저지했다.

"들었어. 생각할 것이 있었다고."

"…네?"

"네 얼굴이 낯이 익어. …그래! 작년 에스테르다 호텔에서 보호하던 가출 소녀지?"

"아니에요."

"소매치기 소녀인가?"

"이 마을에 온 건 처음이에요."

"그러면 진작 말해줘도 좋았을 것 같은데. 그렇지, 빔보?"

탐정은 다리 밑에서 어슬렁거리던 털이 긴 고양이를 쓰다듬었다.

"귀찮아질 거 같은 사람인데…."

"뭐라고? 난 파울이야. 이쪽은 내 동료인 빔보."

"귀여운 고양이네요."

"빔보는 나보다 훌륭한 탐정이야. 그런데 아가씨, 우리 탐정사무소에는 무슨 일로 온 거지?"

◆ 마을에 대해서 이야기한다. → 239로

◆ 아버지에 대해서 이야기한다. → 3으로

상점가에는 1주일에 두 번 정도 온다. 식재료를 사는 경우가 대부분이다. 최근에는 커피콩을 판매하는 찻집이 생겨서 종종 그곳에서 커피콩을 구매한다. 홍차를 주로 마시는 파울이 같은 가게에서 밀크티를 홀짝이는 모습을 자주 목격한다. 파울은 단 음식을 좋아해서 각설탕을 몇 개씩이나 넣어서 마신다. 기억을 잃어버리기 전부터 그런 습관이 있었던 것 같아 안심된다고 했다.

"**르**네 정말로 가는 거야?"

조이는 고개를 떨군 채 말했다.

"…응. 집으로 가려고."

"괜찮겠어? 이제부터…."

르네는 그 질문에는 대답할 수 없었다.

"아참!"

조이는 르네에게 하늘색 포장지로 포장한 선물을 내밀었다. 하얀색 꽃을 엮은 끈에 메시지 카드가 달려 있다.

"이거, 르네에게 주는 선물이야. 집에 도착하면 열어봐."

"…고마워."

르네는 선물을 받아서 허리 가방에 넣었다.

"또 만나자, 르네."

르네는 조이의 젖은 눈동자를 보고 '만약 조이가 죽으면 나는 눈물이 흐를까?'라는 생각을 했다. 그런 생각을 하는 자신에게 염증이 나서 르네는 작은 목소리로 "안녕"이라는 말을 남기고 그 자리를 놀아섰다.

【단서 o에 '선물', 지시 번호 o에 33이라고 기입】

살인 사건은 이 작은 마을에 사는 사람들에게 큰 충격을 준 모양이었다. 상점 가를 걷는 사람들은 언뜻 보기엔 평소와 다름없지만 지인과 눈이 마주치면 자연스럽게 화젯거리는 사건으로 이어졌다.

◆ 물품보관소로 간다. → 167로

◆ 단서 R이 있는 경우 → 57 + 지시 번호 R

편지지에 적혀 있던 수수께끼의 정답은 마을에서 벗어난 곳의 번지를 가리키고 있다. 두 사람은 마을의 남동쪽, 터널 근처의 숲으로 향했다.

은신처는 금세 발견되었다. 숲속에 삼각 지붕의 오두막이 외로이 서 있다.

"인기척은 없지만 어딘가에 범인이 숨어있을지도 몰라. 조심해야 한다."

르네는 고개를 끄덕이고는 허리 가방에 손을 넣었다. 작은 상자를 만지면 어째선지 마음이 조금 안정되는 듯했다.

문을 천천히 연다. 아무도 없는 것 같다.

오두막 안에는 책상과 의자, 간소한 침대와 스토브가 있을 뿐이었다. 책상 위에는 랜턴과 노트가 한 권 놓여 있다.

◆ 노트를 본다 → 289로

달리는 보물 창고의 열쇠를 훔치려고 촌장에게 다가갔다. 촌장은 마을 사람들에게 에워싸여 성실하게 한 사람 한 사람과 인사를 나누고 있다.

◆ 말을 건다. → 214로

◆ 때를 기다린다. → 296으로

상점가에는 레스토랑과 신발가게 꽃집, 물품보관소, 고서점 등이 늘어서 있다. 큰 영화관이나 극장은 없지만 생활에 필요한 건 대부분 여기에서 해결할 수 있을 것이다. 상점가는 활기 넘쳤다.

물품보관소 간판 아래에서 한 남자가 담배를 피고 있다. 가슴에는 〈D〉라는 글자가 새겨진 배지가 달려 있다.

◆ 단서 C가 있는 경우 → 60 + 지시 번호 C

(61) ↩ 397

"꼭 보고 싶은데?"

조이는 신이 난 듯 사진을 가져와 펼쳤다.

숲을 지키는 노인 푸생의 웃는 얼굴, 터널을 빠져나와 에스테르다역으로 향하는 열차, 하늘에서 춤추는 부엉이, 그리고 아무도 없는 호수의 사진.

기술이나 예술성은 느껴지지 않지만 피사체에 대한 애정이나 사진을 찍는 데 대한 즐거움 등의 솔직한 감정이 녹아들었다.

"음? 이건…"

열차 사진을 손에 들고 주머니에서 돋보기를 꺼내 들여다본다.

"이건 언제 찍은 사진이지?"

"엊그제 아침이에요. 그 사진을 찍은 후에 강가에서 다리가 미끄러져서 접질렸어요. 헤헤…."

"이 열차에 깃털 모자를 쓴 남자가 비치는 것 같아."

"네?"

“남자는 엊그제 아침 에스테르다역에 도착했어. 그리고 다음날, 즉 어제 낮에 보석을 훔치겠다는 예고장을 두고 갔다는 말이군.”

“조이, 이 사진을 찍은 게 몇 시쯤이지?”

“아침 8시쯤이었을 거예요.”

【단서 T에 '승객', 지시 번호 T에 26이라고 기입】

마을을 벗어나면 가로등도 없다. 르네와 조이는 어두운 밤길을 손을 잡고 달렸다. 열차 선로를 건너 풀숲을 헤치며 숲속으로 들어갔다.

“밤 숲은 무서워.”

“그래? 나는 괜찮아. 나는 낮에 밝은 마을이 더 무서운 것 같아.”

“어째서?”

두 사람은 어둠 한 가운데 서 있는 삼각 지붕 집에 도착했다.

“낮에는 모두 행복한 얼굴로 행방불명은 신의 소행쯤으로 여기면서 모르는 체하고 살고 있잖아. 하지만 그런 마을 사람 중 누군가가 이 집을 은신처로 삼은 유괴범이라는 사실이야. 나는 그 사실이 더 무서워.”

◆ 안으로 들어간다. → 332로

63

축제의 영향으로 상점가는 평소보다 더 북적였다. 지나다니는 사람은 모두 웃는 얼굴이다. 오늘 밤 꿈에서 죽은 사람을 만나는 걸 기대하고 있는 것이다. 하지만 달리는 달랐다.

오늘 밤은 가능하면 잠들고 싶지 않다. 몇 해 전부터 축젯날 밤 달리의 꿈에 나타나는 인물은 항상 같은 사람이었다.

"그것도 이제 올해까지야…."

달리는 중얼거렸다.

64 ↫236

"조이, 너는 르네를 데리고 도망가."

"하, 하지만…."

"내가 녀석들을 따돌릴 거야. 왜 그러고 있어. 몸을 숨기면서 포위망을 빠져나가는 것쯤은 식은 죽 먹기지. 이 달리에겐 말이야. 잘 봐뒀다가 이 경로로 가도록 해."

달리는 출구까지 가는 경로를 종이에 써서 르네에게 건넸다.

"달리, 글씨가 귀엽네요."

"후후후, 꽤나 여유롭군 아가씨. 또 어딘가에서 보도록 하지."

◆ 탈출한다 → 107로

65

상점가는 고요하다. 어둠 속에서 빛나는 가로등 불빛과 규칙적으로 늘어선 점포가 르네에게는 초가 꽂힌 케이크처럼 보였다. 르네가 자란 마을에서 양과자점 쇼케이스에 진열되어 있던 케이크다. 그저 보기만 할 뿐 르네가 그 케이크를 산 적은 없다.

케이크는 가족이나 친구와 함께 먹는 음식이니까.

르네는 텅 빈 표정으로 거리를 바라보았다.

"르네, 무슨 생각해?"

"아무것도 아니야."

"**괜**찮으면 이 꽃 어머니 무덤에 가져다드려도 좋아."

르네는 호숫가에서 꺾은 흰색 꽃을 소년에게 건넸다.

"맞아! 이 꽃이 엄마가 좋아하던 꽃이야! 이 꽃으로 화관을 만들어서 주곤 했어. 화관을 쓴 엄마는 엄청 예뻤거든."

"멋진 추억이네. 그런 추억이 있다는 것은 좋은 일인 것 같아."

"응. 이따가 엄마 무덤에 가져다드릴게. 성당까지라면 어떻게 해서든 걸을 수 있을 것 같아."

"분명 어머니가 기뻐하실 거야."

"난 조이라고 해. 넌 이름이 뭐야?"

"르네."

"고마워 르네. 보답으로 이걸 줄게."

조이는 주머니에서 작은 피리를 꺼냈다.

"이거 엄마가 살아 있을 때 만든 부적과도 같은 피리야. 이 피리를 불면 숲속 사당에 사는 내 친구가 도와주러 올 거야."

【단서 G에 '피리', 지시 번호 G에 25라고 기입】

제4장 : 저쪽 섬 [2일 차 심야]

항상 꾸던 꿈이다. 르네는 그렇게 생각했다.

색채가 흐릿하고 사물의 윤곽마저 또렷하지 않은 공간에 나는 누워있다.
아버지가 옆에 앉아 있다.
얼굴은 잘 보이지 않지만 입이 움직이고 있다.
나에게 무언가를 말하고 있다.
나는 안간힘을 써서 아버지의 말을 들으려고 한다.
하지만 아버지가 무슨 말을 하는지 들리지 않는다.
소리가 없는 꿈.
내가 기억하는 단 하나의 아버지에 대한 기억. 기쁘지도 슬프지도 않은, 그저 기억.

"르네…."

꿈에서 빠져나온 르네는 희미하게 눈을 떴다. 숙소의 방이다. 커튼이 바람에 나부낀다. 창문 앞에 누군가 서 있다.

"어… 아버지?"

그림자가 르네에게 다가오니 그 모습이 흐릿하게 드러난다.

"나야."

"조이…! 여긴 어쩐 일이야?"

"나와 함께 저쪽 섬으로 가자."

"뭐?"

"10년 전에 저 섬에 추락한 것이 뭔지 알고 싶은 거 아니야? 밤이라 누구에게도 방해받지 않고 움직일 수 있을 거야."

르네는 고개를 끄덕였다.

"준비하고 나와. 나는 아래에서 기다릴게."

조이는 그렇게 말한 뒤 창문을 통해 나갔다.

◆ 준비하고 호텔을 나선다. → 391로

【제4장에서 마을을 탐색하려면 지도에 적힌 각 번지에 5를 더할 것. 예를 들어 지도상에 100번지인 장소로 가고 싶은 경우, 105번 단락으로 이동한다. 단, 직접 기입한 번지로는 갈 수 없다.】

르네는 가쁜 숨을 몰아쉬며 바위산을 올라 유적에 도착했다. 이 안에 뭉크가 있다. 하지만 유적 안으로 들어가는 문은 잠겨 있다.

"이 문에 뭐라고 새겨진 거지?"

【두 페이지의 수수께끼를 풀어서 나타나는 숫자에 해당하는 단락으로】

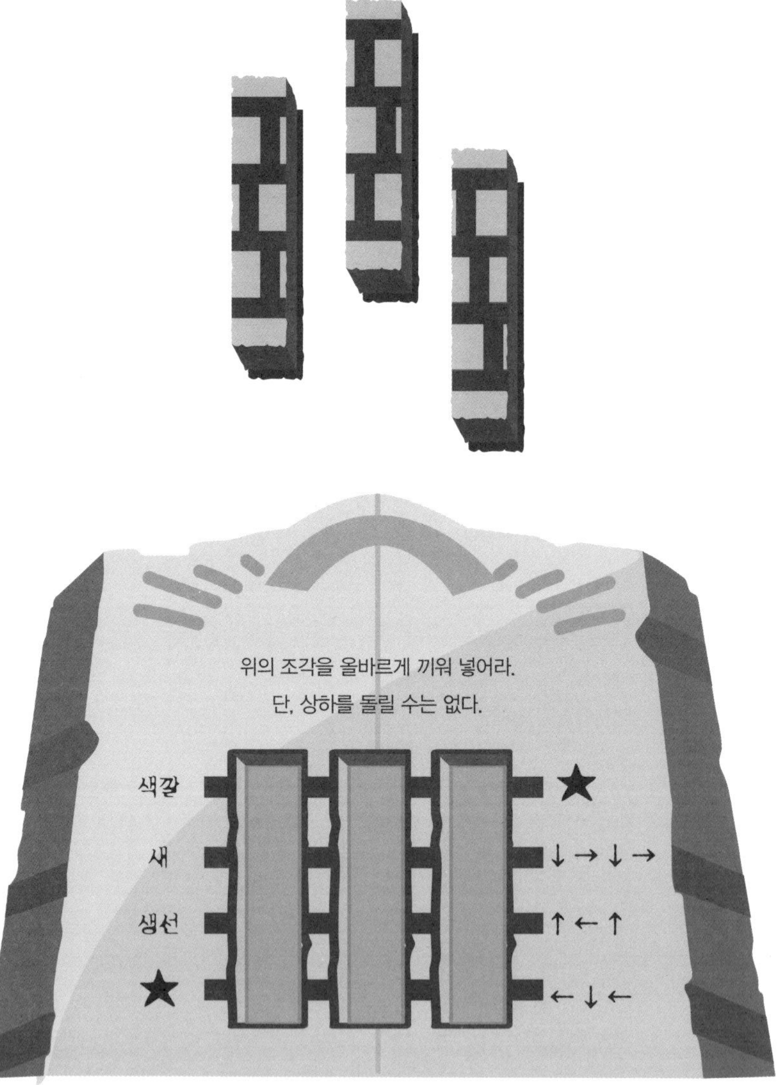

'고등어'부터 시작한다.

파	0	고	정	리	7	1	검
6	제	참	5	등	어	명	3
가	빨	천	7	연	기	2	비
고	6	자	앵	어	리	두	러
부	노	1	9	엉	무	래	2
둥	9	미	란	0	오	색	기
하	2	이	4	양	새	3	강
8	정	태	색	2	5	치	랑

파울의 발자국을 따라가다 도착한 곳은 롱가롱고 곶이었다.

"파울! 거기 있어?"

큰 소리로 외쳐 보아도 되돌아오는 건 파도 소리뿐이었다. 벌써 밤 12시를 넘기고 있었다. 그때였다.

칠흑 같은 파도에 실려 작은 배가 다가오고 있다.

"…유령선이다! 설마 파울은 저 배를 타고 저쪽 섬으로 간 것인가?"

◆ 유령선에 올라탄다. → 92로

◆ 포기한다. → 158로

상점가는 평소처럼 북적거린다. 르네는 가게에도 들어가지 않고 그저 사람의 흐름에 몸을 맡긴 채 혼잡 속에서 떠돌 뿐이다.

◆ 단서 ℓ이 있는 경우 → 70 + 지시 번호 ℓ

◆ 물품보관소로 간다. → 37로

"르네, 조금 전에 봤던 비행기 추락 현장은 제대로 조사한 거야? 아직 조사가 부족하다면 다시 한번 보러 가자."

"성가시게 굴면 안 돼."

"구하러 가는 거예요?"

"그래. 하지만 제대로 준비하고 갈 거야."

"준비? 도적의 소굴로 가는데 어떤 준비가 필요하다는 거예요? 그런 곳에 대해 정보를 알고 있는 사람은 없을 거예요."

달리는 팔짱을 끼고 미간을 찌푸렸다.

"썩 내키지는 않지만, 그 녀석에게 물어볼까…."

"그런데 아저씨, 이름이 뭐예요?"

달리는 조이의 눈을 보고 씩 웃었다.

"언젠간 알게 될 거야."

【단서 M에 '조이', 지시 번호 M에 33이라고 기입】

【지도의 '북쪽 산'에 146이라고 기입】

(73) ↺ 330

신부님, 무슨 일 있으신가요?"

"아아…. 며칠 전에 이 마을로 온 숙녀가 아니십니까? …실은 곤란한 일이 생겨서 말이지요. 이 성당에는 지하 봉안당이 있는데 가장 안쪽에 있는 오래된 방의 열쇠를 누군가 훔쳐 간 모양입니다."

"짐작 가는 데라도 있으신가요?"

"글쎄요…. 최근 2~3일 사이에 훔친 것 같습니다. 좀처럼 쓸 일이 없어서 알아채지 못했거든요."

◆ 단서 m이 있는 경우 → 73 + 지시 번호 m

(74) ↺ 287

의자에 앉아 한숨을 내뱉는다. 책상 위에 놓인 사진에는 두 청년이 찍혀 있다. 파울과 친구 뭉크다.

"조금만 더 기다려 줘. 이제 다 왔어…"

(75) ↺ 57

상점가에는 공중전화가 한 대밖에 없다. 코레조는 이 공중전화에서 깃털 모자 쓴 사람을 보았을 터였다.

"그런데 피해자가 공중전화에 있었다는 걸로 어떤 정보를 얻을 수 있는 거예요?"

"수사라는 건 그런 거야. 아무리 작은 단서라도 모조리 긁어모아야 해."

두 사람은 공중전화로 들어갔다.

◆ 전화기를 조사한다. → 384로

◆ 전화번호부를 조사한다. → 16으로

앞면은 운석, 뒷면은 총. 르네는 코인을 던졌다.

【실제로 코인을 던져서 다음 선택지를 선택할 것】

◆ 앞면(초상화가 있는 쪽)이 나왔다. → 199로

◆ 뒷면이 나왔다. → 252로

"어쩐지 나도 오늘은 운이 따르는 모양인데."

나는 패를 보여주었다.

"어이어이. 곤란하구만! 할 수 없지. 약속한 대로 오늘 밤 임무는 나한테 맡기라고."

"정말로 괜찮을까?"

"그래. 남자는 두말하지 않아. 그나저나 여기 결제 임무는 어떻게 할까, 뭉크?"

"하하하, 그건 나한테 맡겨.

나는 파울의 몫까지 계산하고 주점을 나왔다.

◆ 몇 시간 후 → 234로

"사람을 만나는 데 시험을 쳐야 한다니 제법 건방진 말을 하는 사람인가 보군요. 그렇게 그릇이 작은 사람에게는 볼 일이 없어요!"

르네는 그런 말을 내뱉고 주점을 빠져나왔다.

(79) ⮌ 33

광장 한가운데 서 있는 것은 이 마을을 통치하던 일족의 당주, 모리스의 기념탑이다. 이 **남자**의 태어난 해와 죽은 해는 정확히 알려져 있지 않지만, **사망한 해는 짝수** 해였다고 한다. 모리스는 **25세일 때 일족의 당주**가 되었다.

기념탑 뒤쪽에는 허리 높이 정도 되는 문이 있고 안으로 들어갈 수 있다. 문에는 꽤 오래된 자물쇠가 걸려 있어 달리 정도의 실력을 가진 사람이라도 자물쇠를 풀기란 쉽지 않다.

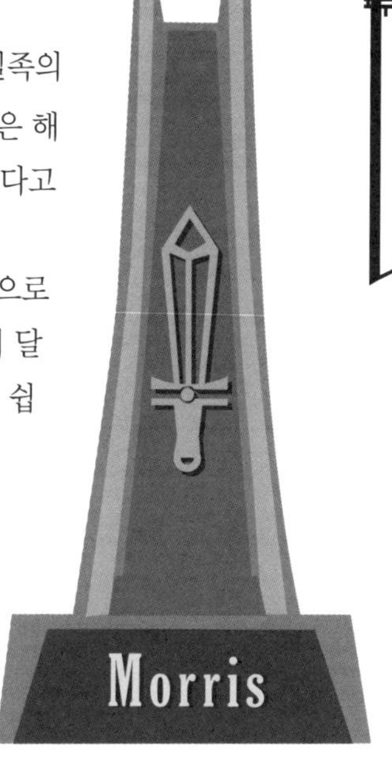

(80) ⮌ 60

르네는 주점에서 받은 〈시험 용지〉를 배지를 달고 있는 남자에게 보여주었다.

그러자 남자는 아무런 말도 없이 담뱃갑에서 종잇조각을 한 장 꺼낸 뒤 르네에게 건넸다.

(오른쪽 그림 참고)

"**저**렇게 엉망진창인 배에 타다니, 자살행위야!"

르네는 그렇게 말하며 한 걸음 물러났다.

"르네, 아버지의 행방을 찾는 거 아니었어? 그 열리지 않는 작은 상자에 얽힌 비밀을 알고 싶은 거 아냐? 유령선이 나타나다니, 이런 기회는 좀처럼 오지 않을 거야."

"하지만….."

"…좋아. 네 마음이 바뀌면 언제든 여기로 다시 돌아오도록 하자!"

르네는 어둑한 숲속을 걸었다. 눅눅하고 습한 공기가 들러붙는 탓에 르네는 몇 번이나 땀을 훔쳤다.

문득 가던 길을 멈추고 뒤를 돌아본다. 누군가 지켜보고 있는 듯한 기척이 느껴진다. 숲을 지키고 있는 그 노인은 아닌 것 같다.

◆ 돌아간다. → 189로

◆ 앞으로 간다. → 428로

> 1945년 9월 2일
>
> 끔찍한 전쟁이 끝났다. 나는 파울이라는 이름으로 뭉크가 소개한 자경단에 입단하기로 했다. 뭉크는 좋은 친구다.

"파울이라고!?"

르네는 혼란스러웠다. 일기를 들고 있는 손이 덜덜 떨렸다.

"그럴 수가…."

"파울 씨가 르네의 아버지!? 그러고 보니 어딘가 얼굴이 닮은 것 같기도 하고…."

조이의 말에 르네의 표정이 아주 조금 누그러졌다. 아버지가 살아 있으며 그 사람이 파울일지도 모른다고 생각하니 뺨이 근질근질했다.

◆ 다음 일기를 읽는다. → 226으로

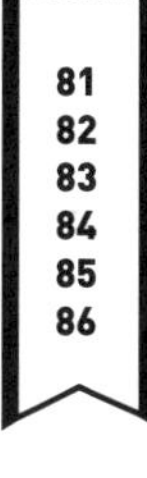

84 ↩110

역무원은 대부분의 마을 주민들의 얼굴을 알고 있다.

"어, 파울 씨. 신문 봤습니다. 살인 사건이라니 몇 년 만인가요."

◆ 단서 P가 있는 경우 ➜ 84 + 지시 번호 P

◆ 단서 Q가 있는 경우 ➜ 84 + 지시 번호 Q

85

히트로코 호수 가운데는 작은 섬이 있으며 거기에는 예전에 이 땅을 다스리던 당주의 비석이 세워져 있다.

◆ 단서 b가 있는 경우 ➜ 85 + 지시 번호 b

86 ↩327

성당의 지하 봉안당에는 엄청난 수의 두개골이 쌓여 있다. 신부는 해골 모양 손잡이가 달린 열쇠로 안쪽 문을 열었다.

"이곳입니다."

"성당 지하에 이렇게 넓은 공간이 있었다니…."

무심코 감탄의 목소리가 새어 나오고 말았다. 우리는 관이나 그 안에 누워있는 해골을 살피기 시작했다.

"이 해골은 두루마리 조각 같은 것을 쥐고 있는데…."

"뭉크! 여기 있어!"

파울이 관 옆면에 새겨진 고대 문자 조각을 발견했다.

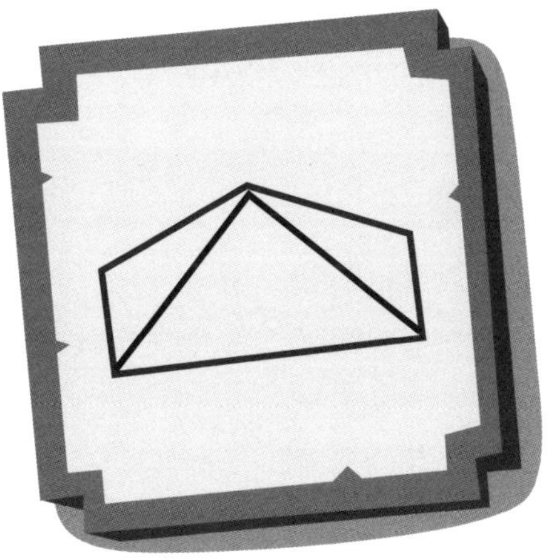

히트로코 호숫가에는 사람이 구름떼처럼 모여 있었다. 경찰과 기자 주변을 많은 사람들이 에워싸고 있다.

"파울, 여기야!"

르동이 군중 속에서 손을 들어 팔짝팔짝 뛰었다.

◆ 르동과 이야기한다. → 22로

 ↵43

"괜찮다면 이 꽃 어머니 무덤에…."

르네는 호숫가에서 꺾은 보라색 꽃을 소년에게 건넸다.

"고마워! 이따가 엄마 무덤에 가져다드릴게. 성당까지라면 어떻게 해서든 걸을 수 있을 것 같아."

【단서 F 및 지시 번호 F를 지울 것】

 ↵337

조이는 창가에서 카메라를 만지고 있었다.

"엇, 파울 씨다. 우리 집을 다 오시다니 신기하네요."

"그래. 다리는 좀 괜찮은 거야? …그러니까 그게 르동한테서 들었거든."

"헤헤. 어제 모험을 조금 즐기다가 그만. 볼일이라도 있는 거예요?"

◆ 단서 P가 있는 경우 → 89 + 지시 번호 P
◆ 단서 Q가 있는 경우 → 89 + 지시 번호 Q

상점가에서 북쪽으로 난 골목길로 들어가 좁은 자갈길을 걸으면 히트로코 호수에 닿는다. 에메랄드그린 색 수면에는 하늘과 숲이 떠 있고 물가에는 형형색색의 꽃이 피어 있다.

◆ 빨간색 꽃을 꺾는다. → 118로
◆ 보라색 꽃을 꺾는다. → 176으로
◆ 하얀색 꽃을 꺾는다. → 134로

91 ↵ 353

뭉크는 보석을 제단에 끼웠다.
"이제 르네는 과거에서 돌아올 거야…"
하지만 르네는 눈을 뜨지 않는다.

◆ → 121로

92 ↵ 69

나는 조심스럽게 벼랑을 내려가 파도에 흔들리는 유령선에 올라탔다. 배는 천천히 해안을 벗어나더니 해류를 따라 저쪽 섬에 당도했다.

◆ 상륙한다. → 20으로

93

호수에는 작은 섬이 떠 있나. 섬은 잡초가 우거져 있으며 가운데에는 이끼가 낀 비석 하나가 세워져 있다. 저 작은 섬까지 배로 건너려는 사람이 있으면 필시 마을 사람들은 그 사람을 말릴 것이다. 섬에는 거대한 뱀이 살고 있어 섬을 건너려는 사람을 한 입에 집어삼킨다는 전설이 내려오고 있기 때문이다.

그루터기에 앉아 있는 사람은 조이였다. 조이는 다친 부엉이 새끼를 무릎 위에서 끌어안고 눈물을 흘리고 있다.

"조이, 무슨 일이야?"

"이 부엉이… 날개를 다쳐서 날 수 없어요. 아저씨, 살려주세요."

조이는 울면서 부엉이 새끼를 쓰다듬었다.

"르동이라면 고칠 수 있을지도 모르겠는데."

【단서 d에 '부엉이 새끼', 지시 번호 d에 13이라고 기입】

호수는 깜깜해서 아무것도 보이지 않지만, 하늘에는 별이 쏟아질 듯 펼쳐져 있다.

"별이 예쁘다, 르네."

"응. 하지만 몇 년이 지난 후에도 나는 오늘 조이와 함께 별을 본 일을 기억할 수 있을까?

"왜 그런 생각을 해?"

"나는 아버지도 잊어버렸는 걸."

"그건 르네가 어렸기 때문이잖아."

"맞아. 나는 분명 이 별을 기억할 수 있을 거야."

"저기 최근에 보라색 깃털이 달린 모자를 쓴 사람을 본 적 없나요?"

르네가 역무원에게 물었다.

"글쎄… 나는 항상 아침 10시부터 밤 8시까지 이 개찰구에 있는데 그런 사람은 본 적 없는 것 같구나."

◆ 단서 T가 있는 경우 → 96 + 지시 번호 T

97 ↩ 85

"**저** 비석에 고대 문자 조각이 새겨져 있다고 하던데 여기에서는 잘 보이지 않네. 뭉크, 쌍안경 가지고 있어?"

◆ 단서 c가 있는 경우 → 97 + 지시 번호 c
◆ 단서 c가 없는 경우 → 403으로

98 ↩ 84

"**이** 트렁크 본 적 있습니까?"

"멋진 트렁크네요. 으음… 처음 보는 것 같습니다."

99 ↩ 122

차량의 네 번째 칸을 조사하니 좌석 아래에서 기묘한 그림이 그려진 종잇조각이 나왔다. (아래 그림 참고)

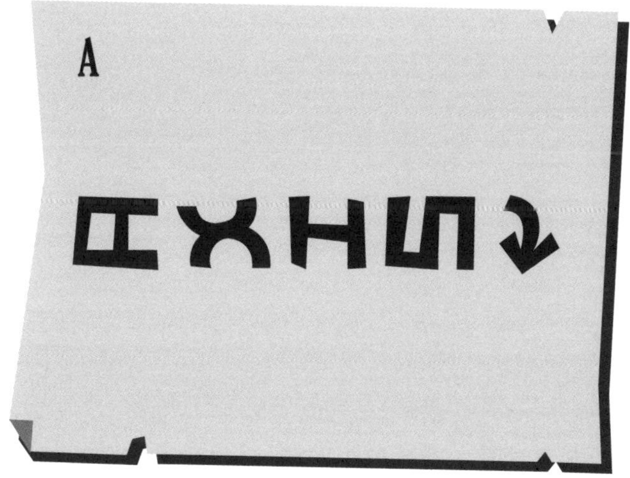

(100)

호수 수면은 맑고 파란 하늘이 비친다.

르네는 발아래에서 일렁이는 작은 물결을 한참 바라보았다.

◆ 그대로 파도를 바라본다. → 31로

(101) ↩89

"조이. 큰일이야! 오늘 아침 신문 봤어?"

"아니, 우리 집은 신문을 받아보지 않거든."

"내가 설명할게. 사실 오늘 아침 괴도 달리로 추정되는 시체가 호숫가에서 발견되었다."

"네? 그런 일이… 어젯밤 제가 달리 아저씨와 같이 르네를 구하러 갔었는데요? 그때는 건강했다고요…."

조이는 슬픈 듯이 눈썹을 찌푸리더니 손에 들고 있던 카메라를 나무 테이블 위에 올려 두었다.

"조이, 보라색 깃털 달린 모자를 쓴 남자를 봤어? 그 사람이 진짜 달리인지도 몰라."

"보라색 깃털 달린 모자…? 아니. 아쉽지만 본 적 없어."

◆ 카메라에 대해서 물어본다. → 397로

(102) ↩68

문을 열고 긴 복도를 지나간다. 르네는 뛰었다. 정면에 희미하게 밝은 방이 보인다.

그곳에 은색 가면을 쓴 괴도 달리가 있다. 안쪽에는 제단이 있고 촛불을 반사하며 반짝이는 돌이 놓여 있다. 방에 발을 들여놓은 순간부터 르네는 정신이 멍해지기 시작했다.

"이게 저 운석의 자기인가…."

"르네…. 나는 과거로 갈 거야."

달리는 은색 가면을 벗었다. 탐정사무소에서 본 사진 속 인물 알프레드 뭉크의 얼굴이다.

"달리 아니, 뭉크! 그거 만지면 안 돼요! 죽게 될 거예요!"

"하하하하…. 괜찮아. 이걸 좀 봐."

뭉크가 내민 손에는 신비로운 빛을 내뿜는 작은 보석이 있다.

"전설의 보석 우포나티메다. 이걸 가지고 있으면 괜찮아. 나는 과거를 바꾸고 올 거야."

"그건 미신이에요!"

"에드거가 네 아버지지? 네 얼굴을 보고 금방 알았다."

"왜 알려주지 않은 거예요?"

"나는 과거를 바꿀 거니까. 너에게 상처 줄 필요 없잖아."

"그 돌을 만져도 과거는 바뀌지 않아요!"

"바뀔 거야. 네 아버지가 죽었다는 사실은 없어지는 거야. 네 아버지가 아니라 내가 죽어야만 했어. 네 아버지는 내가 죽인 거야."

"아니에요! 아버지를 죽인 사람은…."

【지도의 뒷면 '주민 리스트'의 조건 ①에 체크한 개수, 조건 ②에 체크한 개수, 조건 ③에 체크한 개수를 모두 곱한 숫자에 해당하는 단락으로】

100 101 102 103 104

---

103 ↵89

"**이** 트렁크 본 적 있을까?"

"으음, 본 적 없어요. 이렇게 멋있는 트렁크를 봤다면 분명 기억할 텐데 말이에요. 저도 이런 트렁크 갖고 싶네요."

---

104 ↵426

"**그**런 규칙을 제가 받아들일 리 없잖아요!"

"내기를 하자고 한 건 너야. 나는 그 말에 동의했을 뿐. 이 규칙을 받아들일 수 없다면 다른 곳을 찾아보도록 해. 이 마을에서 자동차를 고칠 수 있는 사람은 나뿐이니까."

"**여**긴 분명 북쪽 산속이야! 그렇지…. 산길로 들어오고 난 후에도 남아 있던 흰색 꽃을 창밖으로 던져두었어. 조이라면 분명 나를 발견해 줄 거야…."

몸집이 큰 남자는 동료의 부름에 철문 건너편에서 발걸음 소리가 멀어져 갔다. 이때를 놓치지 않고 르네는 창가에서 피리를 불었다.

"부탁이야! 제발 와줘!"

르네는 작은 창으로 얼굴을 내밀고 어스름해지는 하늘을 올려다보았다. 산 사이로 해가 지고 있다. 해가 더 이상 보이지 않게 되었을 때, 숲속 건너편에서 날개를 펼친 부엉이가 나타났다.

"왔어!"

부엉이는 곧장 르네에게로 날아와 작은 창가에 내려앉았다. 르네는 종잇조각에 자기가 있는 곳을 암호로 적어 부엉이 다리에 묶었다. 부엉이는 르네의 눈을 보고 한번 눈을 깜빡였다가 곧장 날아갔다. 르네는 부엉이가 걱정 말라고 말하는 것처럼 느껴졌다.

◆ 제2장으로 → 197로

"**응**, 마침 조금 전에 코레조의 아내가 고쳐줬어."

나는 가방에서 쌍안경을 꺼내 파울에게 건넸다.

"잘 보이는군. 뒤쪽이 어떻게 되어 있는지는 몰라도 저건 틀림없이 고대 문자 조각이야."

파울은 비석에 새겨진 조각을 스케치했다. (오른쪽 그림 참고)

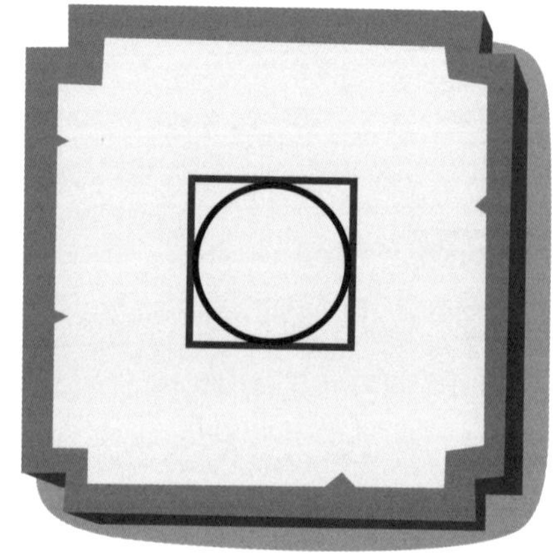

107 ↻ 64

달리는 도적들을 따돌리면서 소굴에서 무사히 탈출했다. 주변은 이미 깜깜해졌다. 숲을 빠져나와 마을로 돌아온 달리는 의식의 랜턴을 열었다.

"이건… 열쇠…."

랜턴 안에 들어 있던 열쇠에는 〈모리스가 당신을 인도할 것이다〉라고 새겨져 있다.

【단서 N에 '모리스의 열쇠', 지시 번호 N에 18이라고 기입】

105
106
107
108

108 ↻ 70

르네는 물품보관소로 가서 코레조의 아내에게 들은 등록 번호를 알려주었다.

"아아, 코레조 씨네 댁에서 맡긴 잡동사니네요. 맡겨 둔 지 한참 지나서 언제쯤 찾으러 올지 기다리고 있었어요."

르네는 잡동사니 속에서 두루마리 조각을 발견했다. (아래 그림 참고)

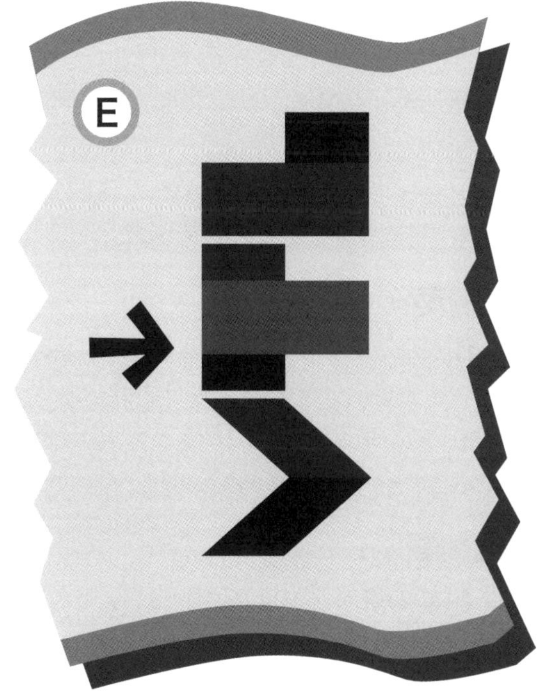

109

카드리유를 봤다는 정보대로 달리는 109번지를 찾아왔다. 에스테르다역 바로 근처였다.

"카드리유는 역으로 간 것일까?"

오늘은 일 년에 한 번 열리는 축젯날로 이 마을에서는 대부분의 사람이 일을 하지 않고 쉰다. 역을 이용하는 사람도 적은 것 같다.

◆ 단서 H가 있는 경우 → 109 + 지시 번호 H

110

상점가를 동쪽으로 빠져나가면 에스테르다역으로 갈 수 있다. 낡고 작은 역으로 하루 이용자 수는 천 명 정도. 특급 열차도 서지 않는다. 역 동쪽에는 낮은 산이 이어져 있으며 열차는 그 산기슭을 따라 달린다.

◆ 역무원의 이야기를 듣는다. → 84로

111 ⟲ 279

양피지의 수수께끼를 풀어낸 달리는 촌장의 저택으로 달아가 의류 상자에 잠겨 있던 열쇠를 열었다. 그 안에는 낡은 책이 한 권 들어 있을 뿐이었다.

"'의식의 랜턴에서 보석 우포나티메가 숨겨진 곳을 찾을 수 있다'…. 과거 순례 축제에서 쓰는 의식의 랜턴을 말하는 것인가? 그건 분명 이 저택에 보관되어 있을 텐데."

◆ 촌장의 방을 뒤진다. → 271로

◆ 카드리유의 방을 뒤진다. → 168로

112 ⟲ 318 · 359

"**미**안하지만 다친 사람은 성가실 뿐이야. 조이는 집에서 얌전히 기다리도록 해."

달리는 소년을 남겨 두고 그 자리를 떠났다.

【단서 M에 '두고 가다', 지시 번호 M에 16이라고 기입】

【지도의 '북쪽 산'에 146이라고 기입】

113 ⟲ 73

"**신**부님, 이 열쇠 아닌가요?"

르네가 열쇠를 내밀자 신부가 고개를 들었다.

"아아! 이겁니다! 어디에 있었습니까?"

"호숫가에 떨어져 있었어요. 어쩌면 가짜 괴도 달리가 살해되기 전에 여기에서 훔친 것일지도 모르겠네요."

"가짜 괴도 달리…? 아무튼 이제 걱정을 덜었습니다! 고마워요, 르네. …그렇지. 감사의 뜻으로 지하 봉안당의 가장 안쪽 방을 보여 드릴까요?"

◆ 본다. → 344로

◆ 보지 않는다. → 316으로

109
110
111
112
113
114
115

114 ↶ 306

나는 총소리가 들려온 쪽을 향해 걸음을 재촉했다.

섬 서쪽도 울창한 숲이 뒤덮여 있지만 달리다 보니 갑자기 시야가 넓어졌다. 키 큰 나무가 몇 그루 쓰러져 있으며 그곳에서만 하늘이 보였다. 숨을 헐떡이며 주변을 살피자 덤불 속에서 무언가 보였다. 나는 자세히 바라보았다. 그것은 빨간 정찰기 잔해였다.

"파울이 타고 있던 비행기가, 설마…"

자신의 목소리가 떨리고 있는 것이 느껴졌다. 그 비행기는 내가 제대하기 전 격추한 비행기와 같은 색, 같은 모양이었다. 잔해 바로 옆에 누군가 서 있다. 두 손을 들고 있는 듯했다.

그 사람은 파울이었다.

그리고 파울에게서 20미터 정도 떨어진 곳에 또 다른 한 사람이 서 있다. 얼굴은 잘 보이지 않지만, 그 남자는 권총을 파울에게 겨누고 있다.

하지 마, 하고 소리치려던 순간. 총소리가 울려 퍼지고 파울이 뒤로 쓰러졌다. 숲속의 나무가 사락사락 흔들렸다.

◆ 파울에게로 달려간다. → 247로

◆ 때를 기다린다. → 193으로

115

자경단의 임무가 끝나면 나는 종종 이 주점을 찾는다. 내 친구 파울은 단 음식을 좋아해서 술은 즐기지 않지만, 안락한 이 가게의 분위기를 두 사람 모두 마음에 들어 했다.

◆ 단서 g가 있는 경우 → 115 + 지시 번호 g

(116) ↩ 332

책상 위에 놓인 것은 랜턴뿐이다.

조이는 서랍을 열었다. 그 안에는 필기도구가 들어 있다.

"아무것도 없는 것 같아."

"그러고 보니 여기 들어 있던 노트를 파울 아저씨가 들고 갔어."

"어쩌면 그 노트에 단서가 있을지도 몰라. 파울 씨에게 노트를 보여달라고 하자."

"그게 좋겠어. 그럼 이 랜턴도 잠시만 빌릴까?"

【단서 V에 '노트', 지시 번호 V에 15라고 기입】

(117)

축제는 지난밤 10시에 끝나 사람들은 모두 집으로 돌아가서 꿈을 꾸었다. 하지만 몇몇 술주정뱅이들은 오후 10시가 되기 전에 주점 테이블에서 잠든 모양이다.

마스터에 의해 잠을 깬 남자들이 주점에서 좀비처럼 걸어 나왔다. 남자들은 하나같이 태양의 눈 부심에 신음하며 자신들의 집으로 돌아간다.

◆ 단서 P가 있는 경우 → 117 + 지시 번호 P

◆ 단서 Q가 있는 경우 → 117 + 지시 번호 Q

(118) ↩ 90

르네는 햇빛을 받아 빛나고 있는 빨간색 꽃을 꺾었다.

【단서 F에 '빨간색 꽃', 지시 번호 F에 5라고 기입】

(119) ↩ 310

"파울 아저씨? 문이 잠겨 있지 않아요…."

르네와 조이는 문을 열고 사무소 안으로 들어갔다.

"잠든 걸까? 숨소리도 들리지 않고 인기척도 없어."

"외출한 걸까? 이렇게 늦은 시간에…?"

"르네, 노트만 얼른 빌려 갈까?

현관을 들어서면 책상과 책장이 놓인 서재가 바로 보인다. 왼쪽으로 열리는 문은 침실로 이어져 있는 것 같다.

◆ 책상을 살펴본다. → 186으로

◆ 책장을 살펴본다. → 142로

◆ 침실로 간다. → 369로

120

주점은 아직 영업하기 전인 모양으로 가게 안은 어둑어둑하다. 카운터에서는 무뚝뚝한 마스터가 유리잔을 닦고 있다.

◆ 마스터에게 말을 건다. → 281로

◆ 단서 B가 있는 경우 → 120 + 지시 번호 B

116
117
118
119
120
121
122
123

121 ↩91

아버지의 입이 움직인다. 르네에게 무언가 말하고 있다.

"아버지, 들리지 않아요…. 아버지, 무슨 말을 하고 싶은 건가요?"

르네의 환영은 점점 희미해졌다.

◆ → 352로

122 ↩96

"엊그제 아침 8시쯤 이 개찰구를 담당했던 사람은요?"

"그건 실레인 것 같은데. 어이, 실레!"

역무원이 부르자 젊은 역무원이 역무실에서 얼굴을 내밀었다.

"실레, 엊그제 아침 보라색 깃털 달린 모자를 쓴 승객이 있었어?"

"어, 있었어요. 그 승객은 정확히 저 열차의 네 번째 칸에서 내렸어요. 사람이 적어서 기억하고 있습니다."

◆ 네 번째 칸을 조사한다. → 99로

123

주점은 북적인다. 저녁이 가까워지자 낮 동안 광장에서 축제를 즐기던 사람들이 모여든 것이다. 모두 술잔을 한 손에 들고 일행과 이야기 나누고 있다.

◆ 마스터에게 말을 건다. → 394로

◆ 단서 M이 있는 경우 → 123 + 지시 번호 M

(**124**) ↗ 406

두 사람은 돌계단을 천천히 내려갔다. 좁은 지하실에는 퀴퀴한 먼지 냄새가 가득 차 있다. 지하실 가운데 놓인 책상 위에는 가죽 수첩이 놓여 있고 표지에 〈일기〉라고 쓰여 있다.

수첩에는 자물쇠가 달려 있으며 세 자리 알파벳으로 여는 것 같다.

◆ 단서 Z가 있는 경우 → 124 + 지시 번호 Z

(**125**)

어둠에 휩싸인 마을에서 주점만은 환하게 빛나고 있다. 아직 영업을 이어가고 있는 듯하다.

"르네, 혹시 술을 마실 생각인 거야?"

◆ 들어간다. → 218로

(**126**) ↗ 280

르네는 랜턴으로 오두막 주변을 비췄다. 희미하게 드러나는 수풀 속에서 무언가가 하얗게 반사되었다. 그것은 작은 종잇조각이었다. (아래 그림 참고)

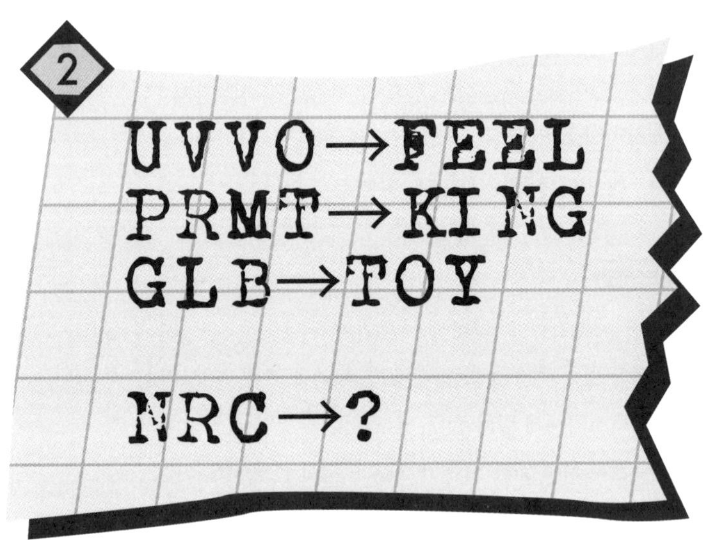

달리는 사다리를 올라 천장 뚜껑을 밀어 올리고 밖으로 빠져나왔다.

그곳은 히트로코 호수에 떠 있는 작은 섬이었다. 허리춤까지 오는 풀이 우거져 있다. 달리는 풀을 헤치며 이끼 낀 비석을 올려 보았다.

"몇 해 전, 이 비석을 쌍안경으로 겨우 본 적이 있었지…. 그때는 뒤쪽밖에 보이지 않았는데…."

비석의 앞면에는 문자가 새겨져 있다. (아래 그림 참고)

"이 수수께끼를 풀지 못하면 우포나티메를 포기해야 하는 건가."

【수수께끼를 풀어서 나타나는 숫자에 해당하는 단락으로】

124
125
126
127

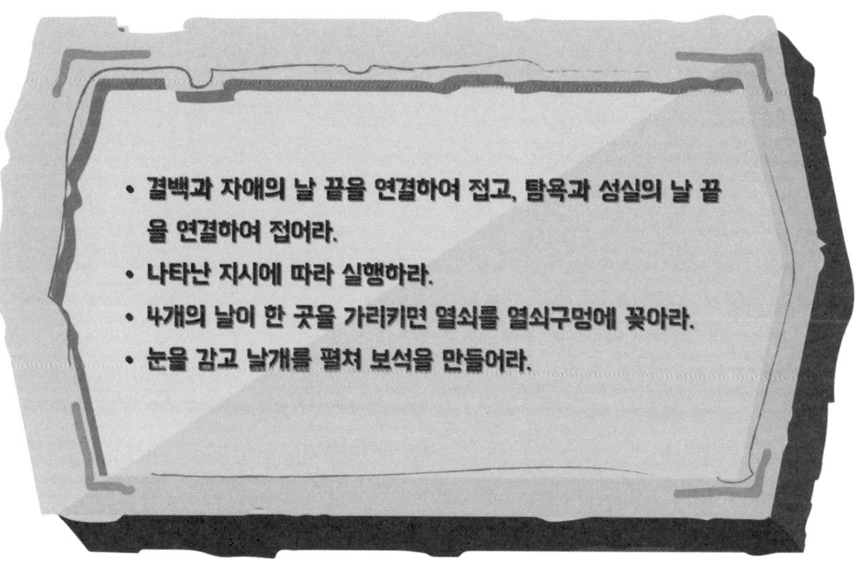

128 ↻171

"**아**니요. 이 마을에 살고 있어요."

"그렇구나. 처음 보는 얼굴인데…. 아무렴 어떻겠느냐. 요즘 숲 주변에서 이상한 기운이 감돌고 있단다. 무턱대고 들어가지 않는 게 좋을 거야."

129 ↻117

"**저**기, 마스터. 최근에 보라색 깃털이 달린 모자를 쓴 손님이 오지 않았나요?"

"…손님들 차림새까지 일일이 기억하고 있진 않아서 말이지."

◆ 단서 S가 있는 경우 → 129 + 지시 번호 S

130

르네는 주점으로 들어가 구석 자리에 앉았다. 아버지가 뭉크와 트럼프로 내기를 했던 곳이 이 자리였을까? 르네는 그런 생각을 하며 좋아하는 밀크티에 각설탕을 몇 개씩 넣어서 마셨다.

◆ 뒤러를 만난다 → 274로

131 ↻117

"**마**스터, 이 트렁크를 본 적 있을까?"

"응? 누군가 했더니 파울이구만. 그 사건에 대해 조사하고 있는 건가?"

"그래. 피해자는 이 트렁크를 물품보관소에 맡겼어. 지금으로서 정보는 그것뿐이야."

"글쎄, 그런 케이스는 본 적 없는데."

132 ↻220

"**고**맙습니다…."

"뭐야. 힘이 하나도 없잖아. 그렇군, 차가 고쳐져서 이 마을을 떠날 생각을 하니 쓸쓸한 거지?"

"…."

"무, 무슨 일이 있는지는 몰라도 너무 깊게 고민하진 말라고. 자 여기, 자동차 키. 난 분명 돌려줬다."

"네. 고맙습니다."

"응? 너 엄청 예쁜 돌을 가지고 있구나."

르네의 허리 가방에서 아르카향 유적에서 발견한 돌이 보였다.

"그거 어디서 발견한 거지? 폴록 녀석에게 보여 줘봐. 엄청 좋아할 테니까!"

【단서 i에 '유적의 돌', 지시 번호 i에 31이라고 기입】

◆ 고향으로 돌아간다. → 387로

◆ 아직 이 마을에 머무르고자 할 경우는 탐색을 계속할 것

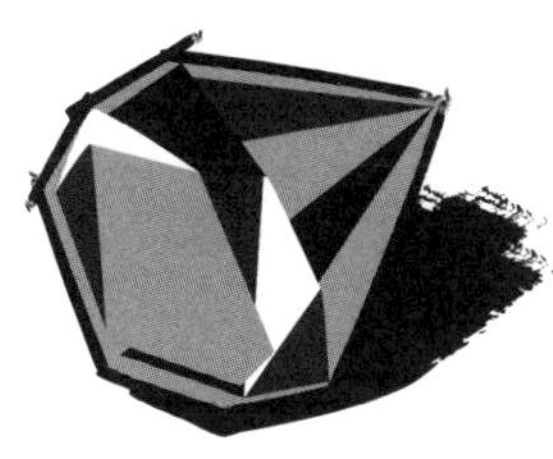

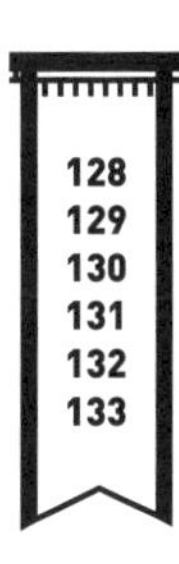

---

(133) ↵ 115

나와 파울은 주점 구석에 놓인 테이블에서 맥주를 마셨다. 시시한 잡담을 나눈 뒤, 파울은 우포나티메라는 보석에 대해 말하기 시작했다.

"파울, 어째서 그 보석이 갖고 싶은 거야?"

"오늘 아침에 말했잖아. 보석은 과거로 돌아갈 수 있는 힘을 갖고 있어."

"…솔직히 말해서 미안하지만 그런 건 미신이잖아."

"그건 나도 알고 있어. 그런 공상 소설 같은 이야기를 믿다니 일반적이지 않다는 것쯤 말이야. 그래도 가능성이 아주 조금이라도 있다면 시험해 보고 싶어. 나는 과거의 기억을 꼭 되찾고 싶거든."

나는 아무런 말도 하지 않고 술잔에 조금 남아 있는 맥주를 마셨다. 과거를 잃어버린 사람의 감정은 본인만 이해할 수 있겠지.

"하지만 한 문헌에 따르면 〈우포나티메〉는 보석이 아닐 수도 있다는 가설도 있어서…."

파울이 다시 이야기를 시작하려 하자 자경단의 모자를 쓴 남자가 다가왔다.

성격 좋은 뒤러다.

"뭉크, 전령이 왔어…. 특별 임무다. 밤 11시에 성당으로 오라는군…."

"뒤러, 무슨 일이야. 무척 졸려 보이는데."

"응…. 저쪽에서 술을 한 잔 얻어 마셨는데… 그걸 마신 후로 졸음을 이길 수 없군…."

“누가 내린 명령이지?”

“누구라니, 위에서 내린 명령이지… 끅.”

뒤러는 거기까지 말하고는 테이블에 엎드려 잠들어버렸다. 손에는 전령서가 쥐여 있다.

“특별 임무라는 건 괴도 달리의 경비를 말하는 건가? 그런데 성당으로 오라는 건 무슨 뜻일까, 뭉크?”

“오늘 밤이라…. 오늘 밤은 조금.”

“뭐야, 볼일이라도 있는 거야?”

“응, 그러니까 그게, 개인적인 볼일이랄까….”

내가 말을 더듬자 파울이 히죽 웃었다.

“혹시 프리다를 만나는 건가? 드디어 데이트하게 되었구나! 그렇다면 내가 대신 임무를 수행해도 되는데.”

“아… 아니야!”

◆ 그럼, 나 대신 맡아줄 수 있을까? → 151로

◆ 임무는 내가 갈게. → 244로

(**134**) ↩90

르네는 물가에서 바람에 흔들리는 하얀색 꽃을 꺾었다.

【단서 F에 '하얀색 꽃', 지시 번호 F에 23이라고 기입】

(**135**) ↩109

달리는 매표소에서 카드리유가 표를 사고 있는 모습을 발견했다.

두건을 푹 눌러쓰고 선글라스를 쓰고 있어 마치 변장한 것 같은 차림새다.

“그나저나… 그녀는 오늘 밤 과거 순례 의식을 치러야 할 사람인데…. 나와는 상관없는 일인가? 촌장보다 이쪽이 보물 창고의 열쇠를 훔치기 쉬울지도 모르겠어.”

◆ 열쇠를 훔친다. → 173으로

◆ 말을 건다. → 322로

136 ↻ 47

나는 촌장의 창고에서 훔친 자료를 파울에게 보여주었다.

"그… 그렇군… 우포나티메는 역시 보석이 아니라… 으윽!"

"괜찮아? 파울!"

"잘 들어, 뭉크. 이 마을에 행방불명자가 많은 이유는 아마도 나를 쏜 사람 때문일 거야. 그 녀석이 행방불명의 사신이다. 너는 지금부터 파울 모와이에가 되어서 녀석의 정체를 밝혀야 해."

"내가 네가 된다고?"

"그래. 괴도 달리는 이제 그만해. 그 녀석은 괴도 달리에게 원한이 있을 수도 있으니까. 그 녀석이 살아 있다는 걸 알게 된다면 살해당할 거야. 탐정으로 직업을 바꾸고 그 녀석의 정체를 밝혀줘. …으윽…."

"파울!"

"뭉크. 나에게는 과거가 없어. 하지만 지금 단 하나 생각난 기억이 있다. 나의 진짜 이름은 에드거다."

"에드거…."

"…그러고 보니 오늘 걸었던 내기는 어떻게 되었지?"

◆ 단서 a가 있는 경우 → 136 + 지시 번호 a

134
135
136
137

137 ↻ 305

"여기까지 왔으니 이 유적 내부도 한번 살펴보자."

랜턴으로 벽을 비추자 무언가 빛났다. 벽에 직경 3센티미터 정도의 투명한 돌이 끼워져 있다. 그 옆에 있는 받침대에는 나무 원통이 놓여 있다. 돌을 손가락으로 집자 쉽게 빠져나왔다.

"예쁜 돌이네…. 그리고 이 원통은 뭘까?"

원통 뚜껑을 열자 그 속에 너덜너덜한 채로 말린 물건이 들어 있다.

"르네!"

조이의 목소리에 르네는 뒤를 돌았다. 조이는 방구석에서 웅크리고 앉아 있다.

"여기는 고대 유물이 아닌 것 같아."

조이의 손에는 작은 열쇠가 쥐어 있다.

【단서 Y에 '작은 열쇠', 지시 번호 Y에 41이라고 기입】

철문이 열리더니 몸집이 거대한 남자가 나타났다. 달리는 있는 힘껏 남자의 따귀를 때렸다. 남자는 허를 찔렸다는 듯 정면으로 한 대 얻어맞고는 신음 소리를 내며 쓰러졌다.

"누구야!"

방 안에 있던 도적들이 떼로 나타나서 달리를 에워쌌다. 이렇게 많은 사람을 상대하기엔 천하의 달리라 하더라도 어찌할 방도가 없다. 두 사람은 곧장 붙잡혀 어두운 감옥에서 르네와 재회하게 되었다.

GAME OVER

달리는 변장을 바꾸고 주점 지하로 내려갔다. 뒤러가 알고 있는 사람으로 변장하는 것이 편하기 때문이었다.

지하실에서는 정보통인 뒤러가 혼자 술을 마시고 있다. 의자에 앉아 있지만 상반신은 비틀비틀 흔들리고 있다.

뒤러는 달리를 발견하고는 술 냄새를 풍기며 숨을 내쉬었다.

"오오, 자네가 이런 곳까지 오다니 별일이 다 있군… 끅."

"북쪽 산에 있다는 도적의 소굴에 대해 물어보려고 왔네."

"아쉽게도 나는 소굴이 있는 곳은 몰라. 그래도 그 녀석들 소굴의 내부가 어떻게 되어 있는지는 알고 있지."

"알려 줘."

"좋아. 자네에게는 신세를 지고 있으니 말이야."

뒤러는 옆에 놓여 있던 종잇조각에 떨리는 손으로 무언가를 적어 내려가기 시작했다.

"여기 있네. 무슨 일을 하려는 지는 모르겠지만 잊어버리지 말고 꼭 기억해 두라고." (오른쪽 페이지 그림 참고)

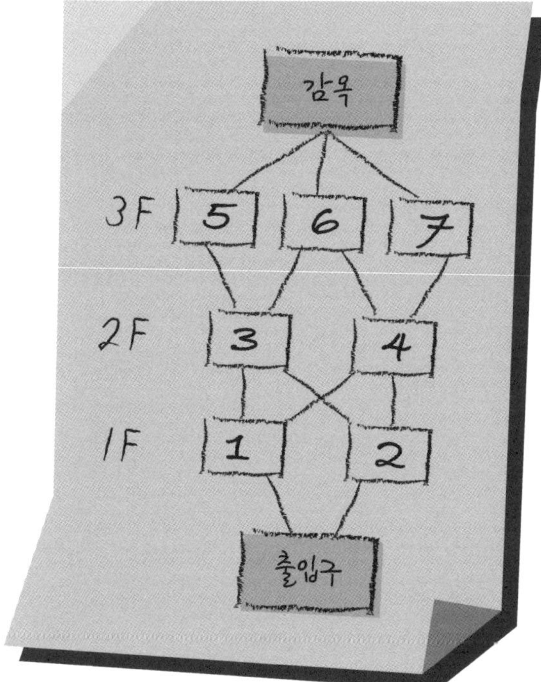

140 ↩ 199

항상 꾸던 꿈이다. 나는 과거의 환영을 보고 있다. 르네는 그렇게 생각했다.

새이 열고 사물의 윤곽이 흐릿한 공간에 누워있다.

아버지가 옆에 앉아 있다.

얼굴은 잘 보이지 않지만 입 모양이 움직이고 있다.

르네에게 무언가 말을 하고 있다.

르네는 아버지의 목소리를 필사적으로 들으려고 했다.

하지만 아버지가 무슨 말을 하는지 들리지 않는다.

소리가 없는 환영이다.

"아버지…, 무슨 말을 하고 있나요…. 나에게 무슨 말을 하려는 건가요?"

 → 283으로

"⟨RED⟩…."

르네는 가죽 수첩의 자물쇠를 아버지의 코드 네임으로 맞췄다.

열리기를 바라는 마음과 열리지 않기를 바라는 마음이 르네 마음속에서 뒤죽박죽 뒤섞였다.

딸깍하는 작은 소리가 울린 뒤 자물쇠가 열렸다.

"설마, 이건 아버지의 일기…?"

르네는 수첩을 펼쳤다.

◆ 일기를 읽는다. → 362로

서재는 벽 한 면이 모두 책장으로 되어 있으며 마을의 지리나 역사, 두꺼운 사전, 아르카향 유적에 관한 책 등이 줄지어 꽂혀 있다.

르네와 조이는 책장을 찾아보았지만, 범인의 노트는 어디에도 없었다.

"오늘 낮에 발견한 노트를 이런 곳에 꽂아 두지는 않겠지. 다른 곳을 찾아보자."

그러자 그때, 무언가가 르네의 발목에 닿았다.

"꺄악!"

르네는 펄쩍 뛰었다.

발아래를 보자 털이 긴 고양이가 르네의 발치에 찰싹 붙어 있다.

"뭐야. 빔보잖아…. 놀라게 하지 마. 네 주인은 어디로 간 거야?"

빔보는 야옹 소리를 내고는 창가로 뛰어올랐다.

◆ 사료를 준다. → 425로

◆ 빔보를 쓰다듬는다. → 178로

르네는 기사들의 표창장 수여식을 먼발치에서 바라보았다. 실크 모자를 쓴 남성이 표창장 수여식의 진행을 담당하고 있다.

"지금부터 조금 전에 있었던 마상 창 시합의 표창을 수여하도록 하겠습니다! 3등을 한 기사에게는 동메달, 준우승을 한 기사에게는 은메달, 그리고 우승자에게

는 금메달이 각각 수여됩니다!"

실크 모자를 쓴 남성이 메달을 걸자 박수와 함성이 터져 나왔다. 르네 옆에서 있던 소년도 시상대에 오른 기사들을 동경의 눈빛으로 바라보았다.

"나도 어른이 되면 창 시합에 나갈 거야. 그리고 저 메달을 따서 어머니에게 줄 거야."

그렇게 말하면서 아이스크림을 핥고 있는 소년의 머리를 그의 어머니가 부드럽게 쓰다듬었다.

144 ↩102

"**르**동이에요."

"…뭐라고?"

"거기까지야."

뒤돌아보니 르동이 총을 들고 서 있다.

"그 총은…."

"네 친구의 목숨을 앗아간 총이지. 뭉크."

"마을 사람들을 데려간 것도 네 짓이구나. 왜 그런 짓을…."

"평화를 위해서다. 내가 없앤 사람은 모두 흉악한 범죄자거든. 자경단 따위는 물러 빠졌어. 그 녀석들을 없애야만 마을에 평화가 유지되는 거야. 악인은 없앤다. 그러지 않으면 그들은 돈을 끌어모아서 금세 마을로 돌아올 테니까."

"그럼 우리 아버지는 왜 죽인 거죠?"

르네는 르동을 흘겨보았다. 르동의 안색에서 확실히 당황하는 기색이 엿보였다.

"거기 있는 더러운 도적을 죽일 생각이었어! …더 이상 말할 필요도 없다. 이 사실을 알게 된 이상 너희 둘은 죽어줘야겠어. 마을의 평화를 위해서 말이야."

르동은 총을 겨눈 채 조금씩 다가왔다. 뒷걸음질 치는 르네의 등 뒤에 운석이 바짝 붙어 있다.

"자, 이제 선택의 기로에 서 있다. 그 운석을 만지고 죽을 테냐, 네 아버지를 쏜 총에 맞고 죽을 테냐?"

◆ 운석을 만진다. → 199로

◆ 총에 맞는다. → 252로

◆ 코인으로 결정한다. → 76으로

(145)

나는 학자 폴록이 사는 집을 찾아갔다.

마을이 돌아가는 뒷사정에 밝은 사람은 성격 좋은 뒤러이지만, 마을에서 가장 학술적인 지식을 갖고 있는 사람은 틀림없이 리 폴록이다.

◆ 폴록을 찾아간다 → 313으로

(146)

북쪽 산은 숲으로 뒤덮여 있어 도적의 소굴이 어디에 있는지 멀리서 찾기란 쉬운 일이 아니다.

"이제 이 광활한 산을 어떻게 탐색해야 할까."

◆ 단서 M이 있는 경우 → 146 + 지시 번호 M

(147)

폴록의 집은 곶으로 향하는 벼랑 위에 세워져 있다. 정원은 잡초가 제멋대로 자라 있으며 집 뒤쪽에는 어디에 쓰는지 예상조차 할 수 없는 고물이 산처럼 쌓여 있다.

◆ 노크한다. → 203으로

(148) ㄷ 136

"나는 어렵다는 쪽에 걸었어."

"그렇군. 지금까지 가장 어려운 임무였다. 내기는 네가 이긴 거야…. 코레조에게 돈을 받아."

"그런 건 필요 없어! 파울, 정신 차려!"

"뭉크, 너를 알게 되어서 좋았다. 너는 내가 기억하고 있는 단 하나의 친구야…."

파울은 내 품속에서 숨을 거두었다.

◆ 몇 년 후 → 163으로

149 ↩304

객실은 이미 청소되어 있었으며 침대도 말끔하게 정리되어 있었다. 이불을 들춰 보아도 새하얀 시트가 깔려 있을 뿐이었다.

"어? 이게 뭐지? 이런 게 끼워져 있어요."

침대에 올라간 르네가 벽 틈에서 무언가를 발견했다. 손을 뻗어서 꺼내니 작은 종잇조각이었다.

(오른쪽 그림 참고)

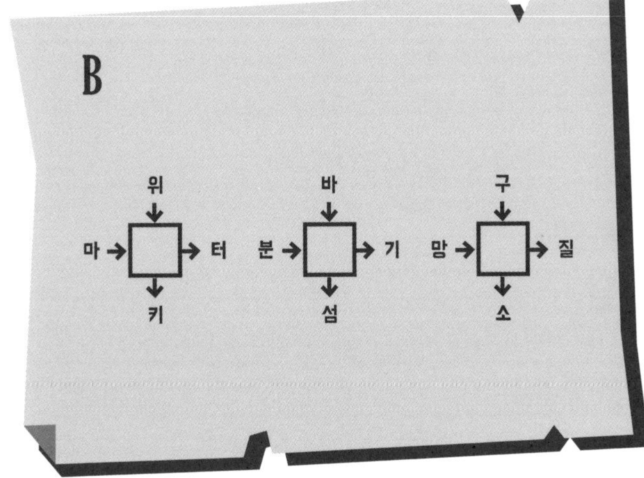

150

마을 외곽의 완만한 비탈길을 내려가자 바닷가에 외로이 집 한 채가 서 있다. 지도에는 리 폴록이라는 학자의 집이라고 적혀 있다.

◆ 폴록을 찾아간다. → 253으로

151 ↩133

"**그**런데…, 정말로 나 대신 임무를 맡아줄 수 있을까?"

"흠, 그럼 이렇게 하지. 네가 좋아하는 내기로 결정하는 게 어때?

"내기?"

"그래. 포커를 하자고. 혹시 네가 이기면 내가 대신 임무를 맡고 내가 이기면 너는 보석을 찾는 데 협조해야 해. 어때?"

내기라면 자다가도 벌떡 일어나는 내가 그런 유혹을 뿌리칠 리가 없지.

◆ 포커를 한다, → 311로

뒤러라는 사람을 만나고 싶어요…."

르네가 물어보자 마스터는 르네를 흘끔 흘겨보았다.

"아가씨, 암호 숫자를 말해봐."

◆ 암호 숫자가 뭐지? → 377로

◆ 대충 대답한다. → 284로

◆ 암호 숫자를 알고 있는 경우는 이 단락의 번호에 암호 숫자를 더한 숫자에 해당하는 단락으로

달리는 폴록의 집을 방문했다. 폴록은 방에서 돌 연구에 몰두하고 있었던 모양인데 그의 표정이 멍하니 꽤나 졸린 듯하다.

"아침 일찍 산책을 하다 보니 이 시간이면 졸리지 뭡니까. 하암."

◆ 단서 J가 있는 경우 → 153 + 지시 번호 J

이대로 동이 틀 때까지 몸을 숨겨야 해. 나는 다친 파울을 북돋우며 바위산을 올라 유적에 도착했다.

"이 안에 숨을 수 있으면 좋을 텐데…."

하지만 유적 입구는 아무리 애를 써도 열리지 않는다.

"뭉크… 그 항아리. 항아리를 배치하면 문이 열리는 구조일 거야…."

파울은 입구 옆에 놓인 항아리를 힘없이 가리켰다.

아래를 내려보니 남자가 바위산을 올라오는 것이 보인다.

【수수께끼를 풀어서 나타나는 숫자에 해당하는 단락으로】

빈칸에 무게가 30g, 40g, 60g, 70g, 100g인 항아리를 하나씩 놓아라.
겹 사각 칸에 놓인 항아리의 무게를 모두 합하면?

※ 사선의 오른쪽 위에 있는 숫자는 그 오른쪽으로 연속하는 빈칸의 총합을 나타내며 사선의 왼쪽 아래에 있는 숫자는 그 아래로 연속하는 빈칸의 총합을 나타낸다.

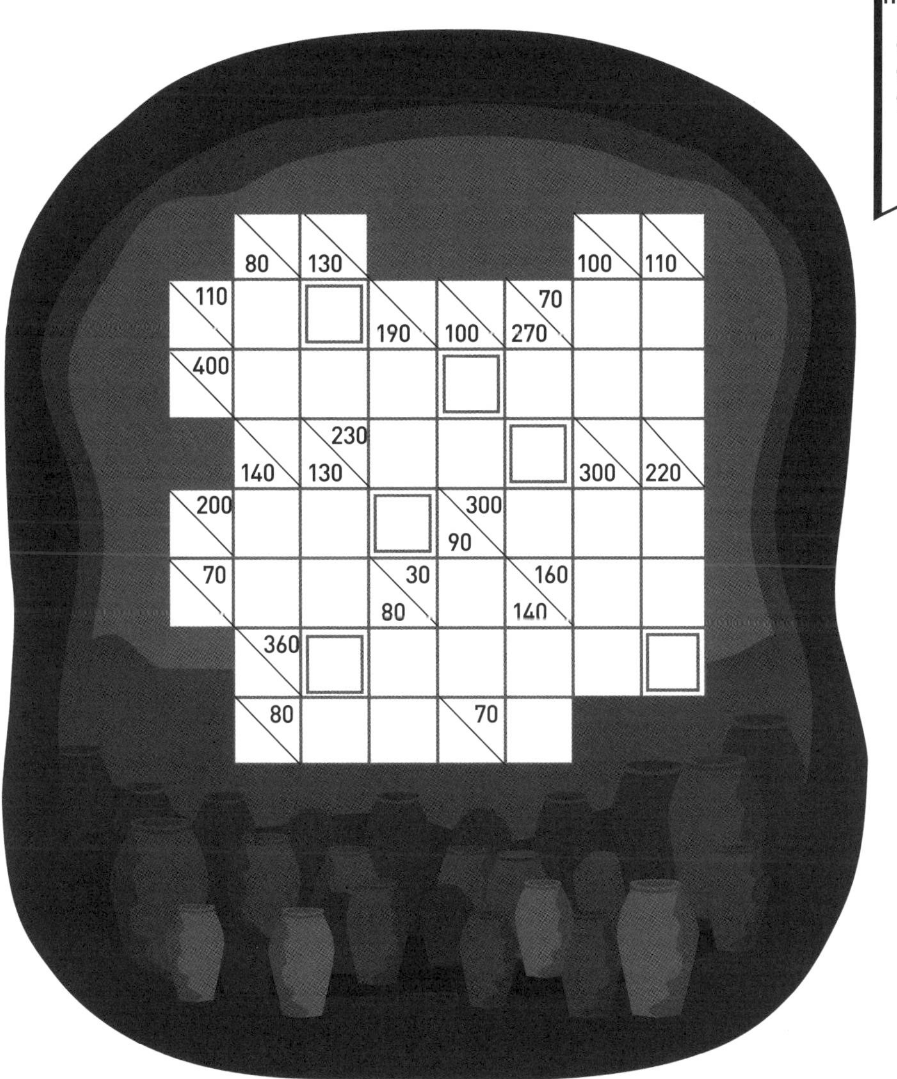

폴록 집의 창문에서는 빛이 새어 나
오고 있다.

"폴록 씨, 아직 깨어 있나요?"

"매일 아침 일찍 호수를 산책한다고
하던데 대체 언제 자는 걸까?"

◆ 문을 두드린다. → 13으로

"조이, 너는 밖에서 기다릴 수 있을까?"

"네. 좋아요."

달리는 조이를 주점 밖에서 기다리게 하고는 변장을 바꾸고 지하로 내려갔다.
뒤러가 알고 있는 사람으로 변장하는 것이 편하기 때문이었다.

지하실에서는 정보통인 뒤러가 혼자 술을 마시고 있다. 의자에 앉아 있지만 상
반신은 비틀비틀 흔들리고 있다. 뒤러는 달리를 발견하고는 술 냄새를 풍기며 숨
을 내쉬었다.

"오오, 자네가 이런 곳까지 오다니 별일이 다 있군… 끅."

"북쪽 산에 있다는 도적의 소굴에 대해 물어보려고 왔다."

"아쉽게도 나는 소굴이 있는 곳은 몰라. 그래도 그 녀석들 소굴의 내부가 어떻
게 되어 있는지는 알고 있지."

"알려 줘."

"좋아. 자네에게는 신세를 지고 있으니 말이야."

뒤러는 옆에 놓여 있던 종잇조각에 떨리는 손으로 무언가를 적어 내려가기 시
작했다.

"여기 있네. 무슨 일을 하려는 지는 모르겠지만 잊어버리지 말고 꼭 기억해 두
라고." (오른쪽 페이지 그림 참고)

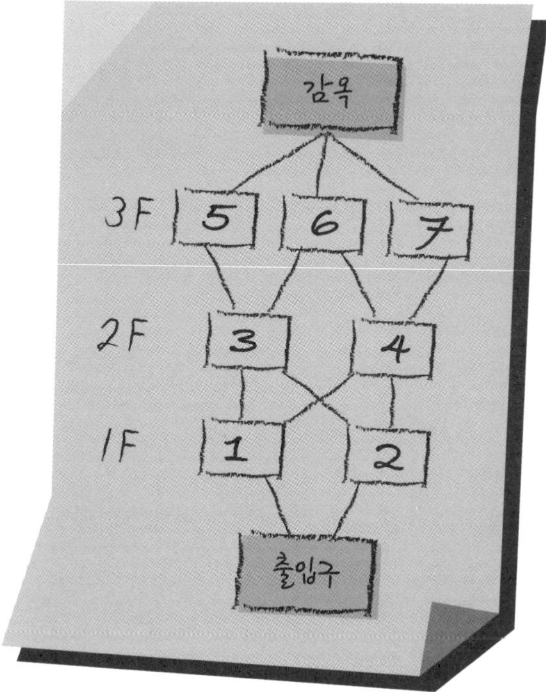

157 ↶127

비석 기단은 오목하게 파여 있으며 발밑에는 파인 곳에 딱 들어맞을 법한 둥근 돌이 굴러다닌다. 알아낸 숫자에 맞게 둥근 돌을 오목한 부분에 늘어놓자, 기단에 고정되어 있던 돌이 데구르르 소리를 내며 떨어져 나왔다. 달리는 기단 안에 들어 있던 양피지를 꺼내 들었다.

"이거야…! 전설의 보석 우포나티메가 숨겨진 장소…!"

그때, 양피지 한 가운데 투명한 톱니바퀴가 보이기 시작했다.

"또 시작이군… 으으…."

극심한 두통이 덮쳐온다. 그리고 그 목소리.

"잘 했다. 이제 보석은 네 것이다. 과거의 과오를 청산해야지."

달리는 웅크리고 앉아 머리를 감싸 쥐었다.

"아아… 알겠다고. 얼마 남지 않았어. 너는 곧 부활할 거야…."

이윽고 아침이 찾아왔다.

◆ 제3장으로 → 301로

158 ↺ 69

"**파**울이 유령선을 타다니 그런 바보 같은 짓을…. 분명 발자국은 이 곳까지 이어져 있었는데…."

나는 다른 가능성을 찾아보기로 했다.

159 ↺ 136

"**나**는 쉽다는 쪽에 걸었어."

"하하하… 어쩐지 내기는 내가 이긴 모양이군. 하지만 나는 그 돈을 쓸 기회가 없겠지…."

"파울, 정신 차려!"

"뭉크, 너를 알게 되어서 좋았다. 너는 내가 기억하고 있는 단 하나의 친구 야…."

파울은 내 품속에서 숨을 거두었다.

◆ 몇 년 후 → 163으로

160

창가에 곤란하다는 얼굴로 생각에 잠긴 폴록의 모습이 보인다.

"폴록 씨의 신념처럼 그의 연구가 언젠가 사람들에게 도움 줄 수 있을까…."

르네는 혼자서 연구에 정진하는 학자를 보며 생각했다.

◆ 단서 i가 있는 경우 → 160 + 지시 번호 i

161 ↺ 253

"**이**거 참 결례를 범하고 말았네. 나는 학자인 리 폴록이라고 해. 이것저것 연구하고 있지. 고고학이나 뇌과학 그리고 우주에 대한 것도 말이야. 그래도 지금 가장 빠져있는 건 저쪽 섬에 있는 아르카향 유적을 연구하는 거야. 거기에 신기한 힘을 가진 운석이 있다고 하거든. 그래서…."

숨도 쉬지 않고 말하는 폴록의 가슴에는 〈D〉라는 글자가 새겨진 배지가 빛나고 있다.

◆ 단서 C가 있는 경우 → 161 + 지시 번호 C

162 ↰ 146

"**일**단은 산을 샅샅이 뒤져보는 수밖에 없겠어."

달리는 산으로 들어갔다. 해가 상당히 기울어져 있어 숲속은 이둑어둑하다.

숲속을 한참 걸어 다녔지만 소굴은 전혀 보이지 않는다. 이렇다 할 이정표도 없다.

"역시 혼자서 소굴을 찾는 건 무리인 건가…."

163 ↰ 148 · 159

나는 그 뒤로 괴도 달리의 얼굴을 봉인하고 파울로 살았다. 파울로 변장해서 살아가는 건, 변장이 특기인 나에게 딱히 번거로운 일도 아니었다. 아무도 내가 파울과 바뀌었다는 것을 알아차리지 못했다. 실제로 죽은 사람은 진짜 파울(=에드거)이지만 마을에는 알프레드 뭉크가 '행방불명'되었다고 소문이 났다.

그 후, 자경단은 곧장 해체되었고 나는 탐정이 되어 파울을 죽인 '행방불명의 사신'을 필사적으로 찾고 있었다. 하지만 남자의 정체는 밝혀지지 않았다. 신문에는 행방불명자 기사가 늘어날 뿐이었다.

"모르겠어…! 대체 누구야, 〈행방불명의 사신〉은…! 젠장!"

나는 신문을 마구 구긴 후 내동댕이쳤다. 책상 위에 놓인 사진에는 살해당한 파울 모와이에와 알프레드 뭉크였을 때의 내가 찍혀 있다.

"파울, 대체 누구야! 너를 죽인 자는…."

그때였다 눈앞에 투명한 톱니바퀴가 보이기 시작했다. 톱니바퀴는 점점 커지더니 극심한 두통이 나를 덮쳤다.

◆ 목소리가 들린다. → 275로

164 ↰ 300

스파이였던 아버지를 진심으로 신뢰할 수 있는 친구는 없었을 것이다 르네는 아버지의 마지막 친구에게 이야기를 듣고 싶었다. 하지만, 몇 번이나 문을 두드려도 대답이 없다.

◆ 단서 k가 있는 경우 → 164 + 지시 번호 k

제5장 : 과거

1949년 12월 19일

나는 항상 앉는 자리에 앉아 커피를 주문한다. 그리고 여느 때와 변함없이 커피를 기다리는 동안 신문을 읽는다.

나는 신문 한구석에 작게 쓰인 〈행방불명자〉의 문구를 발견했다. 올해는 지나치게 많다는 생각이 든다.

주문한 커피가 나왔다. 여느 때와 다름없이 내 친구가 나의 어깨를 두드릴 때가 되었다.

커피잔 테두리에 코를 가져다 대고 피어오르는 하얀 증기를 들이마신다. 등 뒤에서 익숙한 휘파람 소리가 들린다.

"좋은 아침."

파울 모와이에가 나의 어깨를 두드렸다.

"오오, 좋은 아침, 파울."

파울은 옆자리에 앉아 여느 때와 다름없이 밀크티를 주문했다. 그리고 자경단의 모자를 벗어 카운터에 올려두고는 나에게 물었다.

"저기 〈우포나티메〉에 대해서 들은 적 있어?"

"〈우포나티메〉?"

"어. 저쪽 섬의 선조가 남긴 비밀 보석이라는군. 그 보석을 가진 사람은 정말로 과거로 돌아갈 수 있다고 하던데."

"파울, 그런 말을 정말 믿고 있는 거야?"

나는 어깨를 움츠리고는 파울 쪽으로 고개를 돌렸다. 나는 파울의 옆얼굴에 아주 조금 쓸쓸함이 드리워진 것을 눈치챘다.

"…역시 말도 안 되는 이야기겠지? 그런데 너도 그 주문 믿고 있잖아?"

파울은 내가 커피 접시를 천천히 돌리는 행동을 가리키며 말했다.

"〈모든 일이 잘 풀리기를 바라는 주문〉 말이야."

"…듣고 보니 그렇군."

파울은 달큰한 밀크티를 단숨에 들이켠 뒤 다시 모자를 쓰고 일어섰다.

"그럼 조사를 하러 가볼까."

"이걸 다 마시면 갈게. 오늘 집합 장소가 어디였지?"

"하루카인 광장이다. 곧장 와야 해. 알프레드 뭉크."

파울은 그렇게 말하고는 항상 흥얼거리던 휘파람을 불기 시작했다.

"그게 무슨 곡이지?"

"글쎄. 기억이 나지 않아. 그럼 이따 보자고."

파울은 카페를 나섰다.

여느 때와 다름없이 시작되는 아침이었다.

여느 때와 다름없이 저무는 날일 줄 알았다.

【제5장에서 마을을 탐색하려면 지도에 적힌 각 번지에서 5를 뺄 것. 예를 들어 지도 상에 100번지인 장소로 가고 싶은 경우, 95번 단락으로 이동한다. 단, 직접 기입한 번지로는 갈 수 없다.】

165
166
167

(166) ↩ 410

르네를 지켜보고 있는 듯한 기척은 여전히 사라지지 않는다.

"아… 아무도 없어요?"

그때 누군가가 르네의 어깨를 두드렸다. 르네는 짧은 비명을 지르며 뒤로 돌았다. 그곳에는 흰 수염 노인이 서 있었다.

"뭔가 이상하다고 생각했지! 카드리유 씨는 어디로 갔는가? 이래서야 올해 의식은 중지할 수밖에 없잖은가!"

"죄송합니다…."

"길을 잃어버린 겐가? 이방인이 소이의 꾀리도 없이 이 숲으로 들어가니까 이런 일이 생기는 건세."

르네는 노인에게 이끌려 숲을 빠져나왔다. 그 후, 카드리유가 돌아올 때까지 르네는 촌장의 저택에 갇히는 신세가 되고 말았다.

GAME OVER

(167) ↩ 57

물품보관소 카운터에서는 젊은 여자가 가게를 지키고 있다.

이 물품보관소에 물건을 맡기면 물건에 등록 스티커를 붙이고 등록 번호를 알려 준다. 그 번호를 말하면 맡긴 물건을 찾을 수 있다. 매우 단순한 시스템이다.

◆ 단서 0가 있는 경우 → 167 + 지시 번호 0

달리는 의식의 랜턴을 찾기 위해 카드리유의 방으로 침입했다. 오늘은 과거 순례 축제. 랜턴은 카드리유가 의식에 사용할 터였다.

카드리유의 방은 바다와 접해 있다. 커다란 활 모양 발코니 창에는 레이스 커튼이 걸려 있으며 멀리 저쪽 섬이 보인다. 달리는 책상 위에서 두꺼운 가죽 수첩을 발견했다.

◆ 수첩을 조사한다. → 259로

그 남자는 이 코스터를 갖고 있었어요. 이 가게를 방문한 것은 틀림없는 사실이에요.”

불쑥 내민 코스터를 보고 마스터는 무언가를 떠올린 듯했다.

“오오, 이건 특제 버번을 주문한 손님에게만 제공하는 코스터야. 그리고 보니 엊그제 그런 손님이 있었던 것 같군! 저쪽 구석 자리에서 혼자 마셨지. 어쩐지 재미없는 녀석이었어.”

“재미없다고요? 내가 만난 달리 아저씨는 매우 신사적인 사람이었어요⋯.”

마스터가 알려준 자리를 조사하자 테이블 아래에 종잇조각이 떨어져 있다.

(아래 그림 참고)

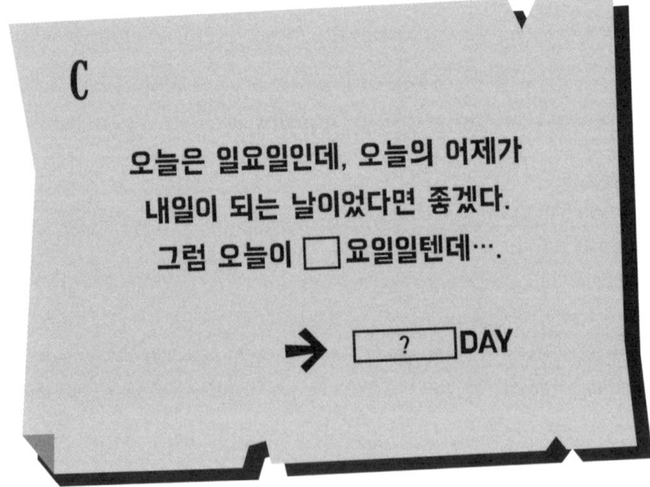

170 ↩ 37

가짜 괴도 달리, 카를 블랙을 살해하고 행방불명 사건과도 관련 있는 범인은 물품보관소 이용자였다. 은신처에 있던 랜턴에 이곳 물품보관소의 스티커가 붙어 있었던 것이다.

르네는 기회를 엿보다 고객 명부를 훔쳐보았다. 이용자는 200명 정도 있지만, 그중에서 르네가 알고 있는 사람은 모두 6명이었다.

171 ↩ 370

르네가 숲으로 발걸음을 옮기려 하사 갑자기 옆에 있던 덤불 속에서 비스락거리며 흔들렸다. 깜짝 놀란 르네 앞에 모습을 드러낸 것은 키가 큰 노인이었다. 노인은 르네를 보고 길고 흰 수염을 쓸어내리며 말했다.

"음, 너는 이 마을 사람이 아니구나."

◆ 네. → 393으로

◆ 아니요. → 128로

172 ↩ 224 · 422

르네는 철문을 두드렸다.

"열어 주세요! 여기서 날 꺼내 주세요!"

"시끄러워! 조용히 하고 잠이나 자라고!"

철문 반대편에서 몸집이 큰 남자의 우렁찬 목소리가 들렸다.

◆ 방 안에 도망칠 곳이 없는지 찾는다. → 36으로

(**173**) ↻ 135

달리는 카드리유의 등 뒤에서 접근하여 열쇠를 훔치려고 가방에 손을 뻗었다.

"잠깐만! 저기요!"

갑자기 나타난 부인 때문에 달리는 깜짝 놀라 손을 거두었다.

"지갑을 떨어뜨렸어요."

부인은 지갑을 주워 카드리유에게 내밀었다.

"어머, 저도 참…. 고맙습니다, 부인."

카드리유는 부인에게서 지갑을 받아 들고 머리를 숙였다.

◆ 지금이야! 열쇠를 훔치겠어! → 389로

◆ 아직이다. 아직 기회가 오지 않았어. → 433으로

(**174**) ↻ 381

"앞면이군. 분명 오늘의 임무는 어려울 거야."

"그럼 나는 쉽다는 쪽에 걸도록 하지"

그렇게 말한 파울은 코레조에게 돈을 건넸다.

【단서 a에 '어렵다', 지시 번호 a에 12라고 기입】

◆ 임무에 대해서 자세히 물어본다. → 288로

(**175**)

나는 롱가롱고 곳을 찾아갔다.

어두운 밤, 이 곳에 나타난다는 유령선에 대한 소문은 내가 어렸을 때부터 있었다. 정확히 행방불명자가 나오기 시작한 무렵부터 배에 사신이 타고 있었다는 목격담이 늘었다. 저쪽 섬에서 건너온 사신이 사람을 데리고 간다는 소문이 퍼지기까지는 긴 시간이 걸리지 않았다.

◆ 단서 b가 있는 경우 → 175 + 지시 번호 b

(**176**) ↻ 90

르네는 호숫가에 피어 있는 윤기 나는 보라색 꽃을 꺾었다.

【단서 F에 '보라색 꽃', 지시 번호 F에 45라고 기입】

바다 쪽으로 돌출된 곶의 지표는 싱그러운 녹음으로 뒤덮여있다. 곶 끝에 서서 바다를 바라보면 코발트블루색으로 흔들리는 수면 아래로 하얀 바위가 바닥까지 훤히 보인다. 바다는 육지에서 멀어질수록 푸른 색감이 짙어지고 그 끝에서는 진한 남색 선이 되어 하늘을 떠받치고 있다.

한 노인이 오랜 시간 사용하지 않은 등대 외벽에 기대서서 바다를 바라보고 있다.

◆ 노인에게 말을 건다. → 354로

173
174
175
176
177
178

"귀여운 고양이구나."

르네는 창가로 다가가서 빔보를 쓰다듬었다.

그러자 갑자기 빔보가 바닥으로 내려왔다. 그 바람에 창가에 놓여 있던 랜턴이 쓰러졌다.

"꺄아! 위험하잖아!"

르네는 서둘러 랜턴을 바로 세웠다.

"어?"

랜턴 바닥에 물품보관소 스티커가 붙어 있다.

"조이, 이것 봐. 범인 은신처에서 갖고 온 랜턴, 여기 물품보관소 스티커가 붙어 있어."

르네는 랜턴을 들어 올려 조이에게 바닥에 붙은 스티커를 보여 주었다.

"정말이네…! 그럼 그 랜턴은 물품보관소에 맡겨졌던 물건이라는 뜻이잖아."

"물품보관소를 이용한 사람을 조사하면 범인을 찾을 수 있을지도 몰라!"

"대단해, 르네. 왠지 탐정 같아. 파울 씨를 보는 것 같아!"

"빔보 덕분이야. 파울 아저씨가 말했었어. 빔보는 명탐정이라고!"

【지도의 뒷면 '주민 리스트'의 조건 ②에 '물품보관소 이용자'라고 기입. 이후, 조건에 부합하는 인물이 있으면 리스트에 체크할 것】

(179) ↩ 146

숲으로 들어선 지 얼마쯤 지났을 때 조이가 갑자기 주저앉았다.

"무슨 일이야. 아직 다리가 아픈 거야?"

"아뇨, 꽃이에요. 하얀 꽃."

조이는 산길에 떨어져 있던 꽃을 주웠다.

"이거 르네가 호수에서 꺾어온 꽃이에요!"

"르네는 흔적을 남기고 간 모양이군."

두 사람은 하얀색 꽃을 따라 산속으로 더 들어갔다.

◆ 하얀색 꽃을 따라간다. → 429로

(180)

르네는 마을 북서쪽에 있는 곳에 다다랐다. 남쪽으로 섬이 보인다. 지도에는 〈저쪽 섬〉이라고 적혀 있다.

낡은 등대 벽면에는 섬 이름의 유래에 관한 글자가 새겨져 있다. 그 내용을 읽으니 〈저쪽 섬〉이란 '이쪽 세계와는 다른 저쪽 세계', '이 세상이 아닌 저 세상'이라는 의미가 있다고 한다.

"저 세상이라…."

의미를 알고 나서 섬을 바라보니 섬이 어딘가 으스스하게 보였다. 르네는 허리의 맨 가방 안에 있는 작은 상자를 만지며 자신을 불안에 휩싸이게 만든 등대를 올려 보았다.

사용하지 않은 지 몇 해나 된 등대는 발목이 덤불에 휘감겨 옴짝달싹할 수 없게 된 노인의 모습 같았다. 과거에 몸이 칭칭 얽매여 운신조차 할 수 없게 된 노인.

르네는 애처로운 기분이 들어 그 자리를 돌아 나왔다.

(**181**) ↪161

"**폴**록 씨, 뒤러의 부하인가요?"

"이 배지 말이야? 나는 썩 내키지 않는 데 연구비용을 지원해 주니까 어쩔 수 없이 협조하고 있는 거라고. 너, 시험을 치르고 있어? 그럼 이게 문제야."

폴록은 흰 가운 주머니에서 종잇조각을 꺼내 르네에게 건넸다. (아래 그림 참고)

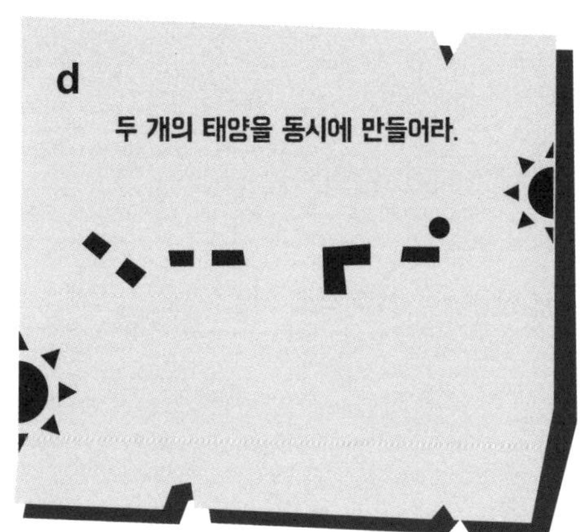

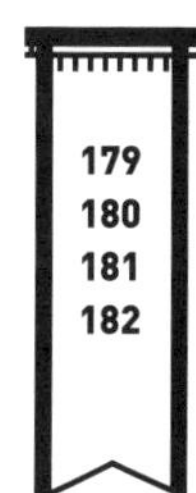

(**182**) ↪15

"**그**리고 전설의 보석 우포나티메에 대한 건데 이건 과거로 갈 수 있는 힘을 가진 게 아니라 과거에서 돌아올 수 있는 힘을 가진 것 같아."

"과거에서 돌아오는 힘이요?"

"응. 즉, 운석에 닿아서 과거의 환각을 보더라도 보석의 힘이 있으면 죽지 않을지도 모른다는 말이야. 의문스러운 점은 이 우포나티메가 진짜 보석을 가리키는 것인가인데…."

"우포나티메는 보석이 아닐지도 모른다니…."

"그나저나 전설의 수수께끼는 풀렸지만 또 새로운 수수께끼가 생기고 말았네."

"새로운 수수께끼요?"

“사람들은 왜 과거로 돌아가려는 것일까”

르네는 어렴풋이 알 것만 같았다. 그리고 한 생각이 머리를 스치자 깜짝 놀라 고개를 들었다.

“설마…!”

오두막 뒤쪽에 있는 아버지의 무덤. 거기에 적힌 말.

《나는 너의 의지를 이어 가겠다.》

과거로 가서 기억을 되찾으려고 했던 아버지 에드거.

그 의지를 달리=뭉크가 이어 갈 생각이라면 그는 운석을 만져서 과거를 바꾸려는 것이 아닐까?

우포나티메가 보석이 아닌 다른 것이라면.

“뭉크 씨가 위험해!”

【단서 n에 ‘운석’, 지시 번호 n에 27이라고 기입】

(**183**)

롱가롱고 곶에서는 숲으로 뒤덮인 저쪽 섬이 보인다. 아방가르 만은 잔잔한 듯이 보이지만 실제로는 거센 해류가 소용돌이치듯 흐르고 있어, 배로 저쪽 섬으로 건너가는 것은 자살 행위나 다름없다.

곶 끄트머리에 쌍안경을 든 남자가 서 있다.

◆ 남자에게 말을 건다. → 198로

(**184**) ↶164

소중한 물건은 전구 안에 숨긴다고 했던가….”

르네는 탐정사무소 안쪽 침실로 숨어 들었다. 전구를 빼니 그 안에 두루마리 조각이 들어 있다.

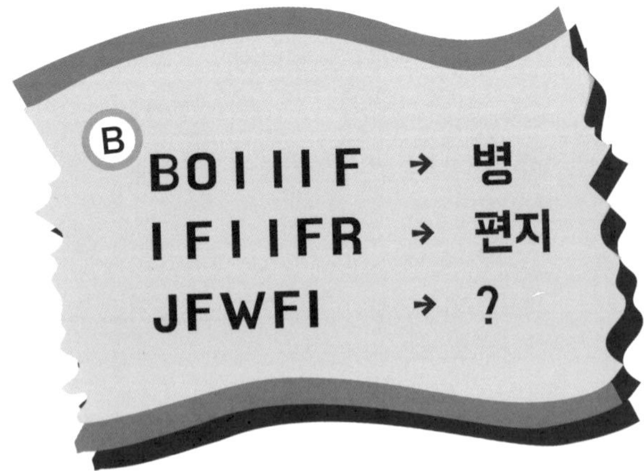

르네와 조이는 롱가롱고 곶을 찾아왔다. 바다는 칠흑같이 깜깜해서 잘 보이지 않지만 곶으로 밀려오는 파도 소리는 또렷하게 들린다. 하늘에는 수없이 많은 별이 빛나고 있다.

◆ 단서 W가 있는 경우 → 185 + 지시 번호 W

 ㄹ119

르네는 어지러운 책상 위를 살폈다. 사진 액자에는 군인처럼 보이는 두 청년이 찍혀 있다. 손으로 들어 올리자 뒤에는 이렇게 적혀 있다.

1948년 11월 7일
나의 친구 알프레드 뭉크와

"이 사진에 찍힌 사람은 파울 아저씨하고 친구 뭉크…. 분명 5년 전에 행방불명된 사람이야. …어?"

르네는 액자에 종잇조각이 끼워진 것을 발견했다. 액자를 벗기고 종잇조각을 꺼낸다. (아래 그림 참고)

"이게 뭐지? 꽤나 낡은 종이야…."

"뭘까? 일단은 기억해 두는 게 좋을 것 같아."

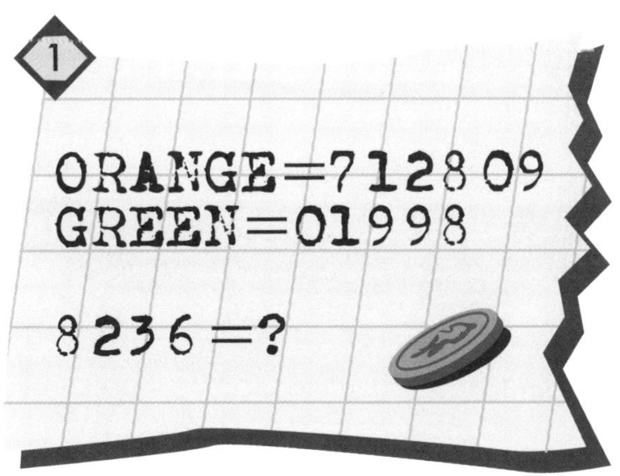

183 184 185 186

폴록과 코레조 팀이 이 곳 주변을 탐색하고 있을 터였다.

주변을 살펴보니 벼랑을 오르고 있는 두 사람이 보였다.

"여어! 그쪽은 좀 어때?"

코레조가 말했다.

"그럭저럭이야. 어디 찾은 거라도 있어?"

"해안으로 떠밀려온 조각을 발견하긴 했는데 우리가 갖고 있는 자료에 실린 고대 문자와 일치하지는 않았어."

폴록이 가쁜 숨을 고르며 말했다.

"어쩌면 너희 팀이 가지고 있는 자료와 맞을지도 모르겠어. 이걸 가져가."

"**3**96번 물건을 찾고 싶은데."

"파울 씨, 우리 가게에 맡긴 물건이 있었던가요?"

"아니, 오늘 아침 신문 봤어? 그 피해자가 여기에 무언가를 맡긴 것 같아."

"어머!"

여자는 눈을 동그랗게 떴다.

"맡긴 물건을 보여줄 수 없을까?"

"네. 어디 보자… 이거네요."

여자는 소가죽 트렁크를 카운터 위에 올려 놓았다. 트렁크는 비밀번호가 걸려 있어 열리지 않지만, 뒤쪽 주머니에 톱니바퀴 모양의 철판이 들어 있다.

"이 트렁크는 어제부터 보관하고 있는 것 같아요. 어떤 사람이었는지 얼굴은 모르겠지만…."

"키는? 호리호리했다거나, 뚱뚱하다거나… 얼굴에 특징적인 점이 있다거나 말이야…."

"키나 체격도 딱 파울 씨 정도 되어 보였어요. 얼굴은… 미안해요. 기억나지 않아요."

"괜찮아, 고마워. 이 트렁크는 증거품으로 내가 가져가도록 하지."

여자에게 인사하고 물품보관소를 빠져나온다.

"이 트렁크를 본 사람이 없는지 우선 마을에서 조사해 봐야겠군. 사람이 주로 모이는 에스테르다역에도 가봐야겠어. 번지는 분명 110번지였지. 궁금한 건 이 수레바퀴 철판인데… 이 수수께끼를 풀려면 조금 더 단서가 필요할지도 모르겠군."

【단서 P에 '트렁크', 지시 번호 P에 14라고 기입】

【지도의 '에스테르다 역'에 110이라고 기입】

【책 뒤에서 부록 ③ '톱니바퀴'를 자른다. 탐색하며 수수께끼를 풀어서 나타나는 숫자에 해당하는 단락으로】

아무래도 이상한 기분이 든다. 이쯤에서 돌아나가는 것이 좋을 것 같다.

르네는 오던 길을 돌아가기로 했다.

숲 입구까지 돌아오자 흰 수염 노인이 르네에게 말을 걸었다.

"저런? 카드리유 씨. 무슨 일이라도 있는 겐가?"

"자… 잠깐 화장실이요!"

르네는 걸음을 재촉해 그 자리를 떠났다.

르네는 롱가롱고 곶 끄트머리에 올라섰다. 마침 바닷바람과 육지에서 불어온 바람이 만나는 시간이라 바람이 잠잠하다. 르네는 하늘을 올려보았다. 새하얀 구름이 높이 솟아 있다.

◆ 단서 n이 있는 경우 → 190 + 지시 번호 n

"이돌, 폴록 씨에게 보여 주자. 집으로 돌아가는 건 그 이후에도 늦지 않아."

르네는 폴록을 불러내 아르카향 유적에서 발견한 돌과 두루마리 조각을 보여주었다.

"이걸 어디에서 발견한 거야! 저쪽 섬에 있는 아르카향 유적이지? 분명, 아마도."

르네는 큰 소리를 내며 흥분한 폴록을 보고 놀랐다. 폴록은 왼손에 연필을 쥐고 무언가 노트에 써 내려갔다.

"으으음…. 르네. 한 가지 도와줬으면 좋겠는데…."

◆ 도와준다. → 232로

◆ 거절한다. → 427로

(192) ↩ 153

달리는 폴록에게 〈비밀스러운 일족〉에 대해 물어보았다.

"아~ 그에 대한 내용은 이 책에 조금 실려 있을 거예요, 아마도."

폴록은 책장에서 두꺼운 책을 꺼내서 펼쳤다.

189
190
191
192
193
194

(193) ↩ 114

파울의 몸 상태는 걱정되지만 무턱대고 달려 나가도 총을 맞을 게 뻔했다. 나는 기회를 기다리기로 했다.

하지만, 남자는 총을 겨눈 채 쓰러진 파울에게로 다가가고 있다.

◆ 기회를 기다린다. → 238로

◆ 남자를 덮친다. → 324로

(194) ↩ 242 · 429

"좋아, 이제 들어간다."

달리와 조이는 소리가 나지 않도록 조심스럽게 동굴로 들어갔다. 벽은 노출된 상태이지만 바닥에는 콘크리트가 깔려 있고 천장에는 조명이 매달려 있다. 길게 뻗은 통로 끝에는 철문이 있다. 달리는 문에 귀를 가져다 댔다. 방안에서는 도적들이 대화를 나누고 있는 듯하다. 그러던 중 "해산"이라는 목소리가 들리더니 발소리가 가까워졌다.

"큰일이군, 여기로 나올 모양이야!"

◆ 도적떼와 싸운다. → 138로

◆ 몸을 숨긴다. → 347로

르네는 비행기 조종석에서 발견한 수첩의 암호를 풀었다.

"〈RED〉 …아버지의 코드 네임과 같아…!"

"그럼 추락한 사람은 정말 르네 아버지라는 거지?"

"…아버지는 여기에서 돌아가신 걸까?"

"아니. 조종석에는 시체가 없었고 좌석 벨트도 정상적으로 작동했어. 충격으로 어딘가에 튕겨 나가지는 않았을 거야."

"그렇다면 아버지는 추락 사고에서 살아남았다는 거야?"

조이는 고개를 끄덕였다.

【단서 Z에 'RED', 지시 번호 Z에 17이라고 기입】

달리는 소란 속에서 이야기를 나누는 마을 사람들의 말에 귀를 기울였다.

"조금 전에 촌장 딸 카드리유가 역 쪽으로 달려갔다네. 꽤나 서두르는 듯한 모양새였지."

"자네가 잘못 본 것 아닌가? 카드리유는 오늘 밤 의식이 있어서 숲속 사당으로 가는데 말이야. 이미 남쪽 숲에 들어갈 무렵이지 않은가."

"그런가? 확실히 109번지 주변에서 본 것 같은데."

【지도의 '역전'에 109라고 기입】

제2장 : 보석과 소녀 1일 차 저녁

남자는 흔들의자에 몸을 맡기고 석간신문을 펼쳤다. 지면에는 〈괴도 달리 부활〉이라는 문자가 춤추고 있다.

창문을 통해 들이닥친 서쪽 해가 남자의 일그러진 뺨을 비춘다.

"《오늘 밤 전설의 보석 우포나티메를 접수하겠다. 괴도 달리》라. 하하하. 재미

있는 녀석이 아닐 수 없군…."

남자는 신문을 책상 위에 던진 뒤 자리에서 일어나 커튼을 쳤다. 그러고는 방 한구석에 놓인 책장 앞으로 가 두꺼운 사전 한 권을 뽑아 들었다. 그러자 책장이 옆으로 움직이고 그 뒤쪽으로 한 평 남짓한 작은 방이 나타났다. 작은 방 벽에는 은색 가면이 걸려 있다.

남자는 손을 뻗더니 그 순간 우두커니 행동을 멈췄다.

"으… 으윽."

눈앞에 작고 투명한 톱니바퀴가 보인다.

계속 앓고 있던 두통이 몰려온다. 두통을 느끼기 전에는 항상 투명한 톱니바퀴가 보인다. 톱니바퀴가 빙글빙글 돌면서 점점 커지면 어김없이 그 목소리가 들려온다.

"빨리, 가지고 와, 빨리, 빨리…."

구역질이 날 듯한 두통을 참으면서 남자는 그 목소리에 대답했다.

"으으… 조금만, 조금만 더… 기다려줘. 그렇군, 그 일이 있은 지도 벌써 5년이나 지나버렸어…."

남자는 은색 가면을 손에 들었다.

"드디어 밝혀냈다. 보석에 관한 단서는 촌장 집 보물 창고에 있어. 기다려라. 보석은 이 괴도 달리의 것이다…!"

달리는 딱히 튀지 않는 청년으로 변장한 후 마을로 향했다.

【제2장에서 마을을 탐색하려면 지도에 적힌 각 번지에 3을 더할 것. 예를 들어 지도상에 100번지인 장소로 가고 싶은 경우, 103번 단락으로 이동한다.】

쌍안경을 든 남자는 수리점의 코레조였다.

"뭘 하고 있나요?"

달리가 말을 걸자 코레조는 기분 나쁘다는 듯 대답했다.

"뭘 물어봐. 유령선을 찾고 있지. 어두운 밤 시간에 이 근처에서 봤다는 목격 정보가 있다. 사람이 타고 있었다고 하는 녀석도 있어. 그런 날에는 반드시 행방불명자가 나오거든."

"유령선에 타면 행방불명되나요?"

"그래. 이 땅에 살던 선조의 전설에 남아있는 행방불명의 사신을 만나는 거야."

"그렇군요. 그나저나 왜 그렇게 열심히 찾고 있는 건가요?"

"내기를 했거든. 우리 아내하고. 나는 유령선이 진짜로 존재한다는 쪽에 걸었지."

"내기라. …한가하시네요."

달리는 그 자리를 돌아 나왔다.

르네는 팔을 뻗었다.

"하…, 하지 마!"

뭉크가 소리쳤다.

르네의 손끝이 운석에 닿았다.

"으…!"

이명이 들리고 극심한 어지러움이 르네를 덮친다. 시야가 점점 흐려진다.

"르네! 르네!"

뭉크의 소리가 멀어져 간다.

◆ **과거의 환영을 본다. → 140으로**

섬 한가운데 있는 야트막한 산을 올라 선조의 고대 유적에 닿았다. 유적은 사각뿔이 2단으로 쌓인 형상이다. 외벽 부분에는 섬세한 기하학 무늬와 종교의식을 나타내는 그림이 새겨져 있으며 선명한 타일로 꾸며져 있다.

"폴록 씨의 이야기로는 이 유적 안에 신기한 힘을 가진 운석이 있다고 했어."

입구 문은 열려 있으며 가장 먼저 나오는 작은 방에는 들어갈 수 있었지만 그 안으로 이어지는 문은 단단히 잠겨 있다.

유적은 이 섬에서 가장 높은 위치에 있다. 낮에는 유적에서 섬 서쪽을 내려다볼 수 있을 것 같다.

◆ 단서 X가 있는 경우 → 200 + 지시 번호 X

"**내**가 대신 치를까?"

"…정말?"

카드리유의 표정이 순간 밝아졌다.

"하지만 들킬지도 모르겠는데."

"괜찮을 거야! 의식은 로브를 머리에 뒤집어쓰고 진행하는 데다 너는 나와 키도 비슷한 것 같아! 정말로 부탁해도 될까?"

"응. 그전에 물어보고 싶은 게 있어. 네가 10년 전에 저쪽 섬에 무언가 떨어지는 것을 봤다고 들었는데…."

"어, 봤지. 여기에서 저쪽 섬이 보이잖아? 저기 유적이 있는 산 반대편 쪽으로 무언가 빨간색 물체가 떨어졌어."

"빨간색 물체라…."

르네 아버지의 코드 네임은 〈RED〉였다. 어쩌면 빨간 비행기에 타고 있었을지도 모르겠다고 르네는 생각했다.

"조금 더 자세히 들을 수 있을까?"

"미안해. 지금 출발하지 않으면 열차를 놓칠지도 몰라. 돌아와서 꼭 이야기해 줄 테니까 아무쪼록 의식을 잘 부탁해!"

카드리유는 집 안에서 로브를 가지고 나와 르네에게 건넸다.

"그리고 이게 〈의식의 랜턴〉이야. 이 걸 들고 남쪽 숲에 있는 사당에서 의식 을 치를 거야. 부디 숲에서 헤매지 않도 록 조심해!"

【단서 E에 '의식', 지시 번호 E에 37이 라고 기입】

(202) ↩ 25

"**촌**장 양반. 그래서 오늘 임무가 뭐지?"

푸생이 턱수염을 쓸어내리며 물었다.

"음. 오늘은 고대 문자를 조사한다."

자경단은 방범을 위한 순찰 경비 외에도 지리 조사 등도 실시하고 있다.

"그것참 시시한 임무로군. 마을이 평화로워진 후로 우리는 잡일이나 하는 처지니…."

뒤러가 그렇게 말하며 웃었다.

전쟁이 종결되고 자경단이 결성된 후, 마을의 범죄는 조금씩 줄어들었다. 하지만 행방불명자가 나타나기 시작한 것도 이 무렵이었다.

"고대 문자 조사라니 엄청 훌륭한 임무잖아요. 분명, 아마도."

"폴록은 이런 임무를 할 때만큼은 눈이 반짝이는군."

르동이 미소 지으며 큰 코를 비볐다.

"좋다. 오늘 임무가 쉬운지 어려운지 내기할까? 뭉크."

코레조가 팔을 걷어붙였다.

◆ 좋아. → 381로

◆ 그럴 기분이 아니야. → 411로

201
202
203
204

(203) ↩ 147

폴록의 집을 노크했지만 대답이 없다. 아직 호수에서 돌아오지 않은 모양이다.

(204) ↩ 152

"**암**호 52"

르네는 암호 숫자를 대답했다. 그러자 마스터는 닦고 있던 유리잔을 카운터 위에 올려두고 구석에 있는 계단을 손가락으로 가리켰다.

"뒤러는 지하에 있다."

◆ 계단을 내려간다. → 251로

(**205**)

나는 코레조 수리점을 찾아왔다.

가게 주인인 코레조는 자경단의 단원이다. 코레조가 가게를 비울 때는 대부분 코레조의 아내가 가게를 지키고 있으며 간단한 수리 정도는 그녀도 할 수 있다.

◆ 수리를 부탁한다. → 423으로

◆ 아내의 이야기를 듣는다. → 291로

(**206**) ⮌ 185

"유령선이 나타나는 날은 행방불명자가 생겨…. 배에 탄 사신에게 홀린 사람이 행방불명된다는 전설이 있어."

"하지만 진짜로 유령선이 나타날까?"

바람이 불어와 두 사람의 이마를 들췄다.

"바람이 꽤 세게 부는 것 같아."

"르네! 저기 봐!"

조이가 바다를 가리켰다. 바다를 주의 깊게 보자 너덜너덜한 돛을 단 작은 배가 물결 위에 떠 있다.

"유령선이야…!"

작은 배는 점점 다가오더니 천천히 접안했다.

◆ 배에 올라탄다. → 49로

◆ 포기한다. → 81로

(**207**)

수리점 앞에는 자잘한 부품과 어디에 쓰이는지 모를 도구가 이리저리 나뒹굴고 있다. 가게 주인 코레조는 아무것도 모르는 사람이 본다면 고물이라고 생각할 물건에 둘러싸여 오늘도 못마땅한 얼굴로 일하고 있다. 하지만 코레조는 일에 대해 불만을 말한 적은 한 번도 없었다.

◆ 단서 P가 있는 경우 → 207 + 지시 번호 P

◆ 단서 Q가 있는 경우 → 207 + 지시 번호 Q

208 ↻ 431

르네는 벽에 걸린 코트를 뒤져 보았다.

"이 오두막을 사용하던 사람의 물건일까?"

주머니에 손을 넣으니 안에는 작은 종잇조각이 들어있다. (아래 그림 참고)

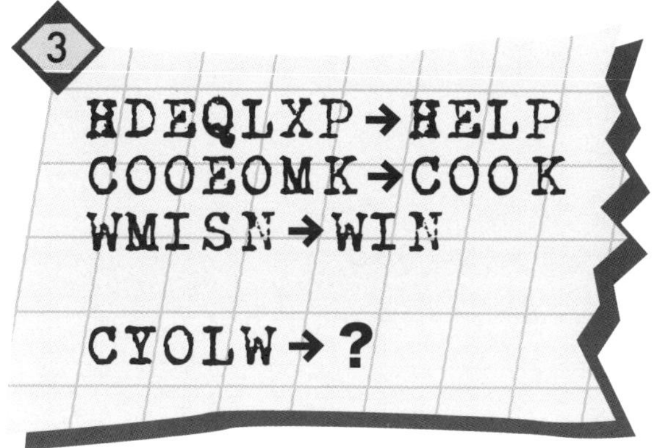

209 ↻ 200

"**여**기서 조명탄을 쏴보자. 분명 섬 전체를 볼 수 있을 거야."

조이는 조명탄을 쏘아 올렸다. 탄은 강한 빛을 내뿜으며 굉음과 함께 하늘에서 터졌다. 주변이 순식간에 대낮처럼 밝아졌다.

"저건?"

르네는 서쪽 해변과 가까운 숲속에서 빨간 물체를 발견했다.

"가보자!"

【지도의 '서쪽 해변'에 400이라고 기입】

210

르네는 마을 서쪽까지 걸어왔다. 바다가 가까워 짠 냄새가 난다. 코레조 수리점 가게 앞에는 망치 도안으로 디자인된 철제 간판이 매달려 있다. 수염이 덥수룩한 작은 남자가 가게 앞에서 자전거를 수리하고 있다.

◆ 차 수리를 부탁한다. → 414로

◆ 남자에게 말을 건다. → 386으로

"**허**리 가방의 작은 상자…?"

뭉크는 르네의 가방 속을 뒤졌다. 하지만 작은 상자 같은 건 어디에도 보이지 않는다.

"에드거! 없어. 작은 상자는…."

하지만 에드거의 목소리를 더 이상 들리지 않는다.

"제…, 제길…."

르동이 눈을 떴다.

"이런…, 형편없는 도적같으니…! 죽어라!"

르동은 뭉크를 향해 방아쇠를 당겼다.

GAME OVER

르네는 랜턴을 들어 올려 기체 주변을 살폈다. 왼쪽 날개 아래를 비추었을 때 변색된 작은 종잇조각을 발견했다. (아래 그림 참고)

"이게 뭘까…."

르네가 종잇조각을 주우려고 웅크린 순간, 어딘가에서 총성이 울려 퍼졌다. 르네는 비명을 지르고 그 자리에 쓰러졌다.

"르네! 괜찮아?"

조이가 달려왔다.

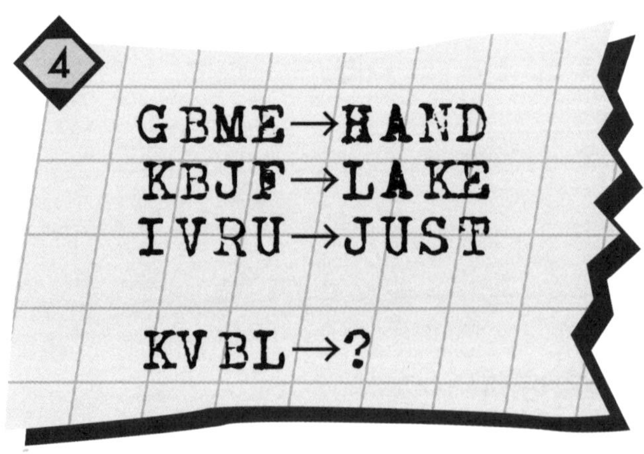

"괜찮아…. 지금 들린 소리 뭐야?"

"숲속에서 누군가 이쪽을 노리고 있었어! 일단 이곳을 벗어나자!"

◆ 도망친다. → 286으로

◆ 두 사람이면 붙잡히지 않을 거야. → 383으로

213

수리점 가게 앞에는 못마땅한 얼굴을 한 주인이 항상 앉아 있다. 달리는 이 못마땅한 표정의 주인이 싫지는 않았다. 도박에 빠져 있는 점을 제외하면 말이다.

하지만 오늘은 주인이 보이지 않는다. 어딘가 외출이라도 한 것일까?

◆ 가게로 들어간다. → 415로

214 ↵ 59 · 296

달리는 촌장에게 말을 걸었다.

"안녕하십니까, 촌장님. 건강하시지요?"

"이야, 축제는 즐기고 있는가?"

촌장은 달리 쪽으로 몸을 돌렸다. 촌장은 부드러운 언행으로 서글서글한 인상을 주지만 좀처럼 틈을 보여주지 않는다.

◆ 때를 기다린다. → 2로

215

항상 이런저런 일로 부산스럽던 코레조 수리점도 밤에는 조용하다. 2층에 난 창문 커튼 사이로 불빛이 새어 나온다. 이따금 코레조나 아내의 웃음소리가 들린다. 두 사람 사이에는 곧 아이가 태어날 예정이다.

나의 아버지는 어떤 사람이었을까? 어떻게 웃었을까? 르네는 그것이 알고 싶어졌다.

나는 성당 뒤쪽에 있는 둑으로 달려 올라갔다. 어두운 달이 비추는 강은 등껍질을 움직이며 기어가는 거대한 검은 뱀처럼 보였다. 둑을 따라 한참을 걷자 랜턴 불빛에 한 쌍의 발자국이 비치기 시작했다. 파울의 발자국일까? 나는 어둠 가운데서 랜턴 빛에만 의지하여 발자국을 따라갔다.

하지만 마을 곳곳에서 공사가 진행되고 있고 군데군데 자재가 쌓여 있는 탓에 나는 방향 감각을 잃어버리고 말았다.

【지도와 조사서를 겹친 후, 탐색하며 조사서에 자재가 쌓인 위치를 직선으로 그어라. 화살표 끝에 나타나는 숫자에 해당하는 단락으로】

르네는 밤을 기다렸다. 초승달이 뜨던 밤 다음날에도 유령선이 나타날지 확신은 없었다.

"왔어…!"

배는 천천히 곶으로 다가왔다. 르네는 유령선에 올라타 저쪽 섬에 상륙했다. 무슨 일이 있더라도 뭉크의 죽음을 막아야만 한다. 자신이 왜 그렇게 생각하는지 르네조차도 알지 못했다. 뭉크가 도적에게서 자신을 구해줬기 때문도, 죽는 사람을 지켜볼 수 없기 때문도 아니라는 것만은 확실했다.

◆ 유적으로 향한다. → 68로

(**218**) ↩ 125

르네와 조이는 주점에 발길을 들여놓았다. 붉게 달아오른 취한 남자들과 화려하게 치장한 여종업원들이 두 사람을 바라본다.

"하하하, 조이. 귀여운 아가씨와 함께 있잖아. 이런 시간에 데이트하는 거야?"

마스터가 웃었다.

◆ 뒤러를 만난다. → 28로

(**219**) ↩ 207

"**아**저씨, 보라색 깃털이 달린 모자를 쓴 남지 손님이 온 적 없나요?"

르네는 코레조에게 물었다.

"깃털 모자를 쓴 남자? 그런 녀석은 온 적 없어! …음. 잠깐잠깐. 이 가게에는 온 적 없지만 엊그제 아침 상점가에서 본 것 같아. 분명 공중전화에서 전화하고 있었어!"

【단서 R에 '공중전화', 지시 번호 R에 18이라고 기입】

216
217
218
219
220

(**220**)

수리점 앞에서는 코레조가 의자에 걸터앉아 쇠망치를 휘두르고 있다. 마을 사람들에게는 항상 보는 광경이다. 코레조는 르네를 보고 고개를 들었다.

"어이, 르네. 자동차 수리는 끝났어."

◆ 감사 인사를 한다. → 132로

◆ 무시한다. → 24로

◆ 단서 j가 있는 경우 → 220 + 지시 번호 j

◆ 코레조가 일하는 모습을 지켜본다. → 269로

(**221**) ↵ 207

이 트렁크 본 적 있는가?"

"어, 파울. 어디 고장 난 거야, 이 트렁크? 내가 수리했던 물건은 모두 기억하는데 말이야. 이 트렁크는 수리한 적 없어."

(**222**) ↵ 22

시체를 발견한 폴록은 긴장한 듯한 얼굴로 이야기하기 시작했다.

"파울! 이게 대체 무슨 일이야! 이렇게 평화로운 마을에서 살인 사건이라니!"

"침착해, 폴록. 다시 한번 물을게. 발견했을 때 어떤 상황이었지?"

"나는 건강을 위해서 매일 아침 이 호수를 산책하는데 말이야. 오늘도 변함없이 호숫가를 걷고 있는데 쓰러져 있는 사람이 있었고… 그때는 아직 숨을 쉬고 있었어!"

"그래서 곧장 의사 르동을 불러온 거군?"

"맞아. 분명, 아마도."

"'분명, 아마도'가 아니라 정확히 떠올려 보라고."

"으, 응. 르동을 부르러 가기 전에 남자가 힘들게 말했어. '우포나티메를 빼앗겼다'고…."

"뭐라고…!?"

"달리는 어제 예고한 것처럼 보석을 손에 넣었지만, 범인에게 빼앗긴 게 아닐까? 분명, 아마도."

◆ 시체를 살펴본다. → 326으로

(**223**) ↵ 40

르네는 임시 진료소로 들어가 르동에게 인사했다. 르동은 상냥하게 웃으며 르네를 맞이했다.

"네가 아버지를 찾으러 여행하고 있다는 르네구나. 조이한테 들었어. 엄청 귀여운 아이였네."

"바쁘실 텐데 죄송합니다."

"괜찮아. 마침 지금은 환자가 없어서. 어디 아픈 데라도 있는 거야?"

르네의 몸은 아픈 곳이 한 군데도 없었다. 단지, 마음속에 뚫려 버린 구멍이 점점 커지는 것 같은 기분이 들었다.

"르동 선생님은 왜 의사가 된 거예요?"

르네가 물었다. 업무가 바빠도 웃는 얼굴로 처리하는 르동이 어떻게 거기서 보람을 찾은 것인지 알고 싶었다.

르동은 천천히 고개를 끄덕이고는 조용히 말했다.

"15년 정도 전에 내 딸이 자동차 사고를 당했어."

"자동차 사고…."

"사고를 일으킨 사람은 옆 마을에 사는 부호의 아들이었지. 그자의 부모는 막대한 금액의 보석금을 내고 반년 만에 아들을 교도소에서 꺼냈지. 하지만 나는 가난했기 때문에 좋은 의사를 구하지 못했고 딸을 살릴 수 없었다. 그래서 가능하면 돈을 받지 않는 의사가 되겠다고 결심한 거야."

르동은 이야기가 끝나자 르네에게 웃어 보였다.

"르네의 차트도 만들어 둘게. 또 언제든 상담하러 와."

르동은 왼손에 펜을 쥐고 새로운 차트에 르네의 이름을 적었다.

221
222
223
224
225

224 ↩36

"**어**쩌면 나갈 수 있을지도 몰라."

르네는 시험 삼아 작은 창으로 얼굴을 내밀었다. 얼굴은 어찌저찌 들어갈 것 같지만 어깨가 들어가지 않는다.

"역시 안 되겠어…."

◆ 나는 통과할 수 없어. → 421로

◆ 문을 두드린다. → 172로

225

나는 로트렉 촌장의 저택을 찾아왔다.

로트렉은 작년에 있었던 선거에서 촌장으로 당선했다. 아직 어린 딸이 있으며 딸 교육 문제에도 적극적인 로트렉에게 마을 사람들은 새로운 발전을 기대한 모양이었다. 로트렉은 가장 먼저 도서관 건설 계획에 착수했다.

◆ 문을 노크한다. → 339로

◆ 단서 g가 있는 경우 → 225 + 지시 번호 g

그후로 한동안 일기는 끊어져 있다. 다음 일기는 4년 후였다.

1949년 8월 10일

이 마을로 온 지 5년이 지났다. 이곳은 정말 좋은 마을이다. 하지만 이대로 지내도 괜찮은 것인가? 나에게는 가족이 없을까? 그런 것조차 알지 못한 채 여기서 죽어도 괜찮은가? 기억을 되찾고 싶다.

1949년 8월 15일

오늘은 과거 순례 축젯날이다. 전설에 따르면 저쪽 섬에 있는 유적에서 과거로 돌아갈 수 있다고 한다. 설령 그것이 사실이라면 나는 기억을 되찾을 수 있을지도 모른다.

1949년 8월 20일

선조의 비밀스러운 보물, 우포나티메. 이 보석에 깃든 신비로운 힘이 있으면 유적에서 과거로 돌아갈 수 있다고 한다. 나는 이 보석을 찾아야겠다.

"파울 씨는 기억을 되찾으려고 한 모양이구나."
조이가 말했다. 르네는 작게 고개를 끄덕였다.

◆ 이어서 읽는다. → 357로

촌장의 저택은 바닷가 주택지에 있다. 가장자리를 하얗게 꾸민 빨간색 벽면은 잘 정돈된 잔디의 초록색과 그 뒤로 펼쳐진 파란색 바다와 대조를 이루어 선명하게 보인다. 바다 쪽으로 난 창이 열려 있으며 레이스 커튼이 바람에 나부껴 살랑거린다.

◆ 문을 노크한다. → 314로

 ↩ 220

“**찢**어진 두루마리? 그런 건 고칠 수 없어.”

“아니에요. 고쳐 달라는 게 아니라 이런 두루마리를 본 적 없나요?”

“으음….”

코레조가 두루마리와 눈싸움을 하고 있을 때 가게 안에서 아내가 얼굴을 내밀었다.

“나 그거 어딘가에서 본 적 있어. 당신이 예전에 그런 잡동사니 잘 모았었잖아!”

“그랬나? 그래도 그건 몇 년 전에 당신이 전부 버렸잖아.”

“잘 간직하고 있어. 물품보관소에. 르네라고 했니? 어딘가에 잘 쓰인다면 가져가도 좋아. 물품보관소 등록 번호를 알려 줄게.”

【단서 ℓ에 ‘잡동사니’, 지시 번호 ℓ에 38이라고 기입】

 ↩ 372

“**오**늘은 조금….”

“볼일이 있는 거야?”

“응, 그렇지… 밤에.”

“그럼 그때까지! 딱 한 잔만!”

파울은 그렇게 술을 좋아하는 성격이 아니다. 물론 지금까지 둘이 술을 마신 적은 있지만 오늘처럼 끈질기게 설득한 적은 없었다. 뭔가 할 말이라도 있는 걸까? 나는 그만 “그럼, 딱 한 잔이야.”하고 대답하고 말았다.

“좋아. 그렇게 하자고! 촌장 저택에 들렀다가 주점으로 가자.”

【단서 g에 ‘임무 종료’, 지시 번호 g에 18이라고 기입】

르네는 서쪽 해변에 서 있는 촌장의 저택을 찾아갔다. 빨간 외벽이 인상적인 저택으로 2층에 튀어나온 베란다에서는 바다가 한눈에 보인다.

앞뜰에서는 키 크고 늘씬한 딸이 강아지를 쓰다듬고 있다. 르네보다 두 살이나

세 살 정도 많아 보인다. 풍채 좋은 초로의 남성이 현관에서 그 모습을 사랑스럽
다는 듯 바라보고 있다. 에른스트 로트렉 촌장이다.

◆ 촌장과 이야기한다. → 246으로

◆ 단서 D가 있는 경우 → 230 + 지시 번호 D

(231) ↩ 296

기회를 엿보다가는 해가 지고 말 것이다. 일부러 촌장에게 부딪혀서 방심한
틈을 타 훔쳐보자. 그렇게 결심한 달리는 기세 좋게 촌장에게 부딪혔다.

"어어어, 자네 괜찮은가?"

체격이 큰 촌장은 꿈쩍도 하지 않는다. 오히려 달리가 튕겨 나가듯 두세 걸음
뒷걸음질 쳤다.

"괘, 괜찮습니다. 실례했습니다."

촌장은 상냥하게 웃어 보이고 마을 사람들과 다시 대화를 이어갔다.

"촌장 녀석, 저리 보여도 빈틈이 없구만. 역시 열쇠를 훔치려면 딸 쪽인 카드리
유가 낫겠어…"

(232) ↩ 191

"제가 도움 줄 수 있는 일이 있을까요?"

"있고말고! 르네가 발견한 돌은 수천 년 전에 저쪽 섬에 떨어진 운석 파편이야. 이 돌이 선조들에게 어떤 의미였는지만 알면 전설의 수수께끼를 풀 수 있을 거라 생각해! 분명, 아마도!"

【단서 j에 '두루마리', 지시 번호 j에 8이라고 기입】

【이 책의 커버를 벗겨서 안쪽을 본다. 탐색하며 수수께끼를 풀어서 나타나는 숫자에 해당하는 단락으로】

233

달리는 촌장의 저택을 찾아갔다.

하루카인 광장에서 악단이 연주하는 음악이 이곳에서도 들린다. 오늘은 과거 순례 축젯날이라서 촌장도 광장에 나가 있는 듯하다.

"전설의 보석 우포나티메에 관한 단서가 이 저택의 지하 보물 창고에 있을 텐데…."

◆ 지하 보물 창고로 간다. → 388로

234 ↵ 77

주점에서 파울과 헤어진 후, 나는 '개인적인 볼일'을 마치고 집으로 돌아왔다.

집에 들어가려던 순간 불길한 예감이 스친 나는 열쇠를 꽂지 않고 현관 손잡이를 돌렸다. 현관 손잡이는 아무런 저항 없이 회전하며 문이 열렸다.

이상하다. 오늘 아침 분명히 열쇠를 잠갔는데.

◆ 집 안으로 → 319로

235

르네와 조이는 촌장의 저택 앞까지 왔다. 저택 창문은 어둡고 커튼이 쳐져 있지만 카드리유의 방만큼은 전등이 켜져 있다.

◆ 카드리유를 부른다. → 273으로

"**조**이, 이 경로대로 가면 저 괴물같은 도적들을 마주치지 않고 공주님을 구할 수 있을 거야."

두 사람은 도적이 없는 방을 지나 가장 안쪽에 있는 방에 도착했다.

"르네! 안에 있어? 나야."

조이가 문밖에서 속삭였다.

"조이! 와 주었구나!"

문 건너편에서 들려온 목소리는 틀림없는 르네였다.

"르네다! 아저씨, 무슨 방법을 쓰든 이 문을 열 수는 없는 건가요?"

"조이. 아까 내 이름을 물었었지."

"네?"

달리는 몰래 갖고 있던 검은 망토를 뒤집어 조이의 눈을 가리고는 은색 가면을 썼다.

"아… 아저씨? 그 모습은…!"

"소개가 늦었다. 내 이름은 달리."

"달리라면 설마… 괴도 달리!?"

달리는 조이를 흘끔 보고는 매우 쉽게 열쇠를 풀었다.

문이 열리자 르네가 달려 나와 조이를 끌어안았다. 조이는 귀까지 빨개졌다.

"조이, 고마워! 그런데 저 사람은…?"

"대단하지, 르네! 이 사람 괴도 달리야!"

"다친 데는 없는가, 아가씨?"

그렇게 말하며 달리는 손을 뻗었다.

르네는 큰 소리로 웃었다.

상상도 못 한 일에 놀란 것인지 안심한 것인지 자신도 알지 못했다.

"고마워요. 괴도님."

르네는 달리의 손을 세게 잡았다.

"르네, 의식은 마쳤어?"

"응. 조이, 이제 다리는 괜찮은 거야?"

조이는 웃었지만 억지로 참고 있다는 것을 잘 알 수 있었다. 달리는 르네가 갇혀있던 방으로 들어가 바닥에 굴러다니는 의식의 랜턴을 들어 올렸다.

"이 안에 보석을 찾을 단서가…."

"달리! 큰일이에요! 도적들이 눈치챈 것 같아요!"

◆ 따라오는 자를 따돌린다. → 64로

◆ 세 명이 힘께 도밍친다. → 14로

236
237

(**237**) ↶ 230

르네는 우울한 표정으로 강아지를 쓰다듬고 있는 여자아이에게 말을 걸었다.

"카드리유 씨?"

여자아이는 얼굴을 들고는 아무런 의욕도 없는 듯한 눈빛으로 르네를 바라보았다.

◆ 10년 전 섬에 떨어진 것에 대해서 묻는다. → 417로

◆ 고민거리에 대해서 묻는다. → 379로

서두르지 마. 파울을 구할 수 있는 기회가 분명 있을 거야. 나는 자신을 그렇게 타이르며 나무 뒤에서 남자의 동향을 살폈다.

하지만 기회란 기다리기만 해서는 오지 않는 법.

파울 앞에 서 있는 남자는 일말의 주저함도 없이 방아쇠를 당겼다. 선혈이 남자의 옷에 튀었고 나는 저도 모르게 소리를 질렀다.

GAME OVER

"이 마을은 조용하고 살기 좋은 것 같아요."

"확실히 요즘 몇 년 동안 흉악한 범죄는 적긴 했지. 아니 적었다기보단 전무했다고나 할까. 그런데 말야, 단 한 가지 이상한 일이 계속 벌어지고 있어."

탐정은 르네에게 얼굴을 바짝 붙이고는 손가락을 하나 들어 올렸다.

"그건 바로 행방불명이야."

"행방불명?"

"이 작은 마을에서 올해만 해도 8개월 동안 행방불명된 사람이 5명이라고. 혈기 왕성한 젊은이들만 사라졌지. 꽤나 많지 않은가? 너도 행방불명되지 않도록 조심하라고. 그렇지, 빔보?"

240

르네는 촌장의 저택을 찾아갔다. 카드리유가 정원에 피어 있는 꽃에 물을 주고 있다.

◆ 카드리유와 이야기한다. → 351로

◆ 단서 j가 있는 경우 → 240 + 지시 번호 j

241 ↩ 20 · 398

나는 파울의 행방을 찾고자 랜턴을 비추며 섬 안을 돌아다녔다.

초승달이 뜨는 밤, 숲에 뒤덮인 섬은 마치 미로와 같았다.

정처 없이 걷다가는 체력을 소모하게 되고 언젠가 길을 잃을지도 모른다.

나는 유적이나 오두막으로 향하기로 했다.

◆ 유적으로 향한다. → 398로

◆ 오두막으로 향한다. → 261로

242 ↩ 429

"글쎄다. 적지에 잠입하려면 구조 정도는 파악하는 게 좋을 텐데."

"소굴의 구조를 누가 알겠어요?"

"이 마을에는 무엇이든 알고 있는 녀석이 한 사람 있긴 하지."

"그 사람에게 소굴의 구조를 물어봤나요?"

◆ 그래, 문제없어. 안으로 들어가자. → 194로

◆ 아니, 물어보지 않았는데. → 258로

243 ↩ 225

"어이, 파울, 뭉크. 마침 잘 왔구만."

로트렉 촌장이 달려 나왔다.

"점심 때쯤, 우리 집 가정부가 창고를 청소하려다가 입구 문에 예고장이 붙어 있는 것을 발견했다고 하는군."

촌장은 파울에게 예고장을 건넸다.

238 239 240 241 242 243

"《오늘 밤 창고에 있는 보물은 내가 접수하겠다. 괴도 달리》라 적혀 있군⋯."

"아저씨들, 우리 집 제대로 지켜줘야 해!"

갑자기 목소리를 들은 나와 파울은 뒤를 돌아보았다. 촌장의 딸 카드리유가 뽀로통한 얼굴로 서 있다.

"이런, 카드리유 실례야."

"나도 이 정도 되는 딸이 있을지도 모르겠군⋯."

파울은 아무에게도 들리지 않을 정도로 작은 소리로 중얼거렸다.

"촌장님 오늘 밤 경비는요?"

"코레조와 폴록이 경비를 담당할 차례야. 자네들은 쉬어도 좋아."

244 ↩133

"**아**니, 임무는 내가 갈게. 나 대신 보내는 건 미안할 것 같거든."

"그럼 네가 좋아하는 내기를 해서 정하는 건 어때?"

"내기?"

"그래. 포커를 하자고. 혹시 네가 이기면 내가 대신 임무를 맡고 내가 이기면 너는 보석을 찾는 데 협조해야 해. 어때?"

"좋아. 그것 괜찮군."

나는 내기라면 자다가도 벌떡 일어날 정도였다.

◆ 포커를 한다. → 311로

245 ↵34

"아무래도 이게 금고를 여는 번호인 것 같군."

【단서 U에 '금고 번호', 지시 번호 U에 23이라고 기입】

246 ↵230

로트렉 촌장은 르네를 밝게 맞이해주고 하루카인 광장에서 열리는 축제를 즐기라며 상냥하게 미소 지었다.

247 ↵114

나는 위험 따위 신경 쓰지 않고 파울이 있는 곳으로 달렸다. 의문의 남자는 갑자기 나타난 나를 보고 잠시 놀란 듯했지만 곧장 총을 겨누고 발포했다. 나는 파울이 쓰러져 있는 덤불 속으로 미끄러지듯 들어갔다.

괜찮다. 총에 맞지 않았어.

"파울! 괜찮은 거야?"

"뭉크… 너, 왜 여기에…."

"일단 도망쳐야 해!"

남자가 이쪽으로 다가오는 발소리가 들린다.

"잠깐만이라도 좋으니 저 녀석의 주의를 끌 만한 것이 있으면 좋을 텐데…."

◆ 단서 f가 있는 경우 → 247 + 지시 번호 f

◆ 단서 f가 없는 경우 → 416으로

248 ↵240

르네는 카드리유가 마을을 빠져나간 후 돌아올 때까지 있었던 일을 이야기했다.

카드리유는 르네가 저쪽 섬으로 건너갔다는 사실에 깜짝 놀랐으며 찾고 있던 아버지가 이미 죽었다는 이야기를 듣고 르네를 꽉 끌어안았다.

"르네 이번엔 내가 너에게 도움을 줘야 할 차례네. 나 10년 전에 저쪽 섬에 무언가…, 네 아버지가…, 추락하는 것을 본 후로 옛날에 섬에 떨어졌다는 운석에 대해 조사한 적이 있어. 그래서 우리 집 창고를 뒤져보니 이런 게 있었어."

(아래 그림 참고)

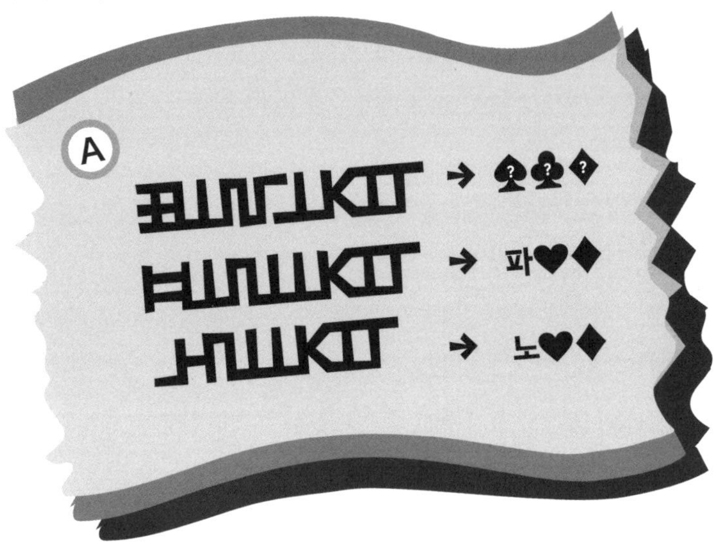

(249) ㄹ 421

르네는 끌려오게 되었을 때 있었던 일을 생각해 내려고 안간힘을 썼다.

"분명 차에 태워졌고…. 무언가 앞을 지났을 때, 내가 시트에 굴러다니던 병을 주워서 밖으로 던졌어. 그런데 어디 앞이었더라…." **(조건 I)**

르네의 뇌리에 기억의 단편이 되살아났다.

"분명 수리점 앞을 지날 때 자동차 안에서 무언가를 던졌어. 뭐였더라…." **(조건 II)**

르네의 머릿속에 몇 가지 장면이 떠올랐다.

"차는 인적이 드문 곳으로만 지나왔어. 상점가나 이니이시 주점 앞은 지나지 않았을 거야. 그리고…." **(조건 III)**

르네는 머리를 감싸 쥐고 필사적으로 기억을 되살리려고 했다.

"그렇지. 차가 멈추기 조금 전에도 내가 무언가를 던졌어. 물속으로 빠지는 소리가 나긴 했지만 파도 소리는 들리지 않았어. 그리고 같은 길을 두 번 가지는 않았을 거야." **(조건 IV)**

【오른쪽 페이지의 수수께끼를 풀어서 나타나는 숫자에 해당하는 단락으로】

지도 위의 남쪽 숲 입구에서 시작해 르네가 지나간 경로를 찾아라.
조건 I, II를 만족하도록 시험용지를 겹치고
(O와 O를 맞춘다)
경로를 따라가며 네모칸 안의 글자를 순서대로 읽어라.

I 병을 떨어뜨린 곳은 [ ] 앞.

II 수리점 앞에서 [ ] 을(를) 던졌다.

III 상점가와 주점 앞은 지나가지 않았다.

IV 차가 멈추기 조금 전에 무언가를 던졌을 때 물속으로 떨어지는 소리가 들렸지만, 파도 소리는 들리지 않았다.
한번 지난 길은 지나지 않았다.

(250)

에스테르다 호텔은 마을 한가운데 있다. 3층 구조에 산뜻한 분위기의 호텔이다. 각 객실의 아치형 창에 놓인 철제 화단에는 형형색색의 꽃이 흐러넘쳐 하늘색 벽에 색채감을 부여한다.

시체로 발견된 남자는 엊그제 아침 에스테르다역에서 내려 공중전화로 이 호텔에 전화를 걸었을 가능성이 높다.

두 사람은 호텔 프런트로 향했다.

◆ 프런트로 → 321로

(251) ↵ 204

르네는 주점에 있는 계단을 내려갔다. 어둑한 지하실 구석에서 곱슬머리의 남자가 술을 마시고 있다. 남자는 르네를 발견하자 초점 없는 눈빛으로 말했다.

"이런, 귀여운 손님이 왔나 보구만."

내쉬는 숨에서는 술 냄새가 나고 혀도 제대로 움직이지 않는다. 르네는 저도 모르게 얼굴을 찡그렸다.

"이런 녀석을 정말 믿어도 괜찮겠느냐는 얼굴이군. 안심해. 차가 고장 나서 코레조의 수리점에 달려간 일도, 거기에서 내기를 걸었던 일도 전부 알고 있으니까. 그…, 르네라고 했던가?"

이름을 부를 때 남자의 눈이 반짝이는 듯한 기분이 들었다.

"물론 네가 아버지를 찾기 위해 여행 중이란 사실도 알고 있지. 그걸 묻고 싶어서 온 거잖아?"

◆ 아버지에 대해서 물어본다. → 409로

◆ 뒤러에 대해서 물어본다. → 363으로

(252) ↵ 76 · 144

르네는 움직이지 않았다.

"좋아, 같은 총에 맞고 죽고 싶은 모양이구나. 할 수 없지…."

"하지 마!"

뭉크의 외침과 동시에 르동이 방아쇠를 당겼다. 르네는 가슴에 총을 맞고 쓰러졌다. 팔이 운석에 닿아 강한 자력이 르네를 덮쳤다.

멀어져가는 의식 속에서 르네는 과거의 환영을 봤다. 아버지가 르네 옆에 있다.

움직이는 입이 보이지만 소리는 들리지 않는다.

"아버지…, 무슨 말을…. 나에게 무슨 말을 했나요…?"

GAME OVER

(253 ） ↻ 150

르네가 문 앞에 서자 흰 가운을 입은 청년이 집안에서 뛰쳐나와 하마터면 부딪힐 뻔했다.

"어어어, 미안. 다치진 않았니? 오늘이 과거 순례 축제라 광장으로 가려고 서두르다 보니 그만."

"괜찮아요."

"그렇다면 다행이야. 어? 기껏 나왔더니 아직 낮이잖아! 굳이 서두를 필요 없겠어. 집에서 홍차라도 마셔야겠네. 너도 마실래? 그런데 넌 누구니?"

청년은 흘러내린 안경을 끌어 올리며 말했다.

◆ 자기소개를 한다. → 161로

(254 ） ↻ 257

"어머, 파울 씨. 뭐 찾으러 왔어요?"

도서관 접수대에 앉아 있는 부인은 뜨개질하던 손을 잠시 멈추고 웃어 보였다.

◆ 단서 P가 있는 경우 → 254 + 지시 번호 P

◆ 단서 Q가 있는 경우 → 254 + 지시 번호 Q

(255 ）

로트렉 촌장 저택 앞길을 남쪽으로 내려가니 바닷가 평지에 남자들이 모여 있다. 건물을 짓고 있는 듯하다. 노란색으로 물든 나무부터 마구간까지는 건축 자재가 쌓여 있어 길이 막혔다.

◆ 이야기를 듣는다. → 371로

◆ 단서 b가 있는 경우 → 255 + 지시 번호 b

(256 ） ↻ 380

"저기…."

르네는 무심코 혼자 우두커니 서 있는 노인에게 말을 걸었다.

"응? 무슨 일인가?"

"…아뇨. 아무것도 아니에요."

르네는 고개를 떨구고 그 자리를 떠났다. 푸생이 알고 있는 아버지는 기억을 잃어버렸다. 르네는 기억을 잃은 사람에 대한 말을 들어봤자 아무런 의미가 없다고 생각했다.

257

도서관은 4년 전 로트렉 촌장이 마을의 교육 발전을 위해 건설했다. 그때까지는 공민관의 조그만 한 편에서 아주 적은 책을 빌려주었는데 도서관이 설립되면서 마을 사람들이 책을 기부하여 장서가 대폭 늘어나게 되었다. 그중에는 저쪽 섬에 관한 귀중한 자료도 있다.

◆ 접수대에 앉아 있는 부인에게 말을 건다. → 254로

258 ↩ 242

"아니, 물어보지 않았어."

"어째서죠? 제대로 준비해야죠! 마을로 돌아가서 그 사람을 만나러 가요!"

"썩 내키지 않는다고. 그 녀석은 늘 술 냄새가 나거든."

259 ↩ 168

달리는 책상 위에 놓여 있는 두꺼운 수첩을 펼쳤다. 그것은 카드리유의 일기장인 것 같다. 정성스러운 글씨로 적혀 있지만, 오늘 일기만은 급히 서둘러 썼는지 어지러운 글자로 적혀 있다.

"〈르네가 대신 의식을 치러준다고 한다! 그 사람을 만날 수 있어!〉…. 그 말은 즉, 의식의 랜턴은 이 르네라는 아이가 가지고 있다는 건가? 의식은 분명 숲속 사당에서 치른다고 한 것 같은데."

【단서 K에 '대리인', 지시 번호 K에 19라고 기입】

260

도서관은 지어진 지 아직 몇 해밖에 되지 않은 듯 새로워 보였다.

르네는 도서관 안을 한 번 빙 둘러본 후, 아무것도 빌리지 않고 밖으로 나왔다.

《아버지의 행방》, 《물려받은 작은 상자 여는 법》과 같은 책은 아무리 찾아봐도 어디에도 없는 듯했다.

(261) ↩ 20 · 241 · 398

섬 남쪽 해안 근처에 오두막이 서 있다. 초보가 만든 듯한 간소한 오두막이지만 아직 지어진 지 오래되지 않았다. 오두막 문에는 열쇠가 잠겨 있지 않았다.

"파울, 여기 있어?"

나는 오두막 안으로 들어갔다. 역시 아무런 대답이 없다.

입구 벽 쪽에 놓인 책상 위에는 가죽 수첩이 올려져 있다. 표지에는 〈일기〉라고 적혀 있다.

◆ 책상 위의 일기를 읽는다. → 306으로

(262) ↩ 247

총을 가진 남자는 근처까지 바싹 나가와 있었다. 잠깐만이라도 남자의 주의를 끌면 숲으로 도망칠 수 있다.

"그렇지. 프리다에게 받은 이 피리로…."

나는 안 주머니에서 피리를 꺼내 지푸라기라도 잡고 싶은 심정으로 피리를 불었다.

갑자기 숲이 요동친다. 남자는 변화를 눈치채고 걸음을 멈췄다.

새들의 날갯짓 소리가 점점 가까워진다. 그리고는 셀 수 없이 많은 수의 새가 나타나 우리 머리 위를 날아다녔다.

"지금이야!"

나와 파울은 당황하여 몸부림치는 남자의 눈을 피해 숲속으로 몸을 숨겼다.

◆ 유적으로 도망친다. → 154로

(263)

해가 꽤나 기울어졌다. 도서관은 이제 곧 닫을 시간이다. 접수대에 앉아 있는 부인은 빨리 광장으로 나가 축제에 참가하고 싶은 듯한 얼굴로 계속 시계를 곁눈질하고 있다.

◆ 단서 J가 있는 경우 → 263 + 지시 번호 J

257
258
259
260
261
262
263

(**264**) ↺ 378

"**안**된다면 안 돼! 억지 부리지 마!"

"속 좁은 탐정이네요! 거절할 이유가 없잖아요. 아, 알았다. 제가 더 뛰어날까 봐 무서운 거죠?"

◆ 따라와도 좋다. → 307로

◆ 성가시기만 할 뿐이야! → 378로

(**265**)

"**르**네와 조이는 한밤중의 도서관을 찾아갔다. 가로등이 문에 새겨진 괴물 얼굴을 섬뜩하게 비춘다.

"이미 도서관은 문을 닫았어. 르네, 조사할 것이 있으면 내일 다시 오자."

(**266**) ↺ 254

"**저**기, 아주머니. 최근에 보라색 깃털이 달린 모자를 쓴 남자가 도서관에 오지 않았나요?"

르네가 도서관 접수대에 앉아 있는 부인에게 물었다.

"어, 있었어! 보라색 깃털 달린 모자 쓴 남자! 어쩐지 수상한 기분이 들어서 기억하고 있거든. 분명 저 안쪽 자리에서 책을 읽고 있었어."

부인의 말대로 안쪽 자리로 가서 조사하니 의자 아래에 종잇조각이 떨어져 있다. (오른쪽 그림 참고)

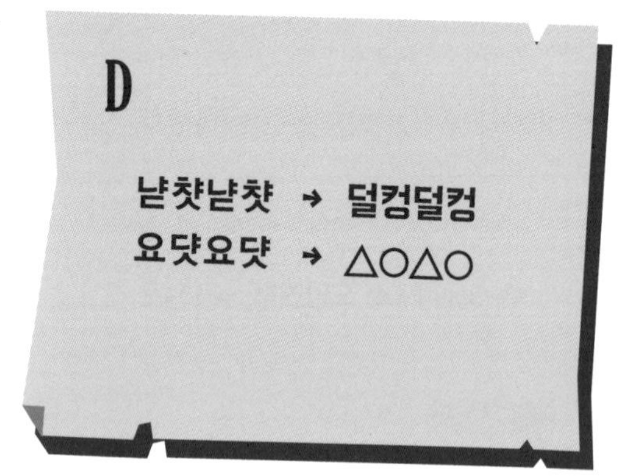

(**267**) ↺ 255

"**마**을에 도서관이 있었다면 고대 문자를 쉽게 조사할 수 있었을 텐데…"

파울은 건설 중인 현장을 보며 중얼거렸다.

268 ↩ 254

"**최**근에 이 트렁크를 본 적 있으신가요?"

"으음? 본 것 같기도 하고 못 본 것 같기도 하고… 아아~ 생각나지 않아요. 나 이용자들 얼굴은 보지만 소지품 같은 건 보고 있지 않거든요."

269 ↩ 220

르네는 코레조가 일하는 모습을 관찰했다.

"뭐, 뭐야? 그렇게 빤히 쳐다보면 일하기 힘들잖아!"

"신경 쓰지 말고 계속하세요."

"쳇! 이상한 아이군!"

코레조는 오른손에 든 쇠망치를 들어 올려 힘껏 못을 박았다.

270

도서관의 적막함은 고마울 정도였다. 마을에 돌아온 후로는 사람들이 이야기하는 소리도 바람 부는 소리도 르네에게는 공허하게 들렸다. 이 세상 온갖 소리는 르네를 우울하게 만들었다.

◆ 에스테르다 역사를 펼친다. → 4로

◆ 단서 j가 있는 경우 → 270 + 지시 번호 j

271 ↩ 111

달리는 의식의 랜턴을 찾기 위해 촌장의 방으로 숨어 들었다.

방은 깔끔하게 정돈되어 있다. 가죽이 씌워진 팔걸이의자와 책상 뒤쪽으로는 오크로 만들어진 서류 선반이 놓여 있으며, 벽에는 에스테르다 마을의 지도와 가족사진이 걸려 있다.

방을 둘러봐도 랜턴을 숨겨둘 만한 장소는 보이지 않는다.

"그렇지, 오늘은 과거 순례 축제잖아. 랜턴은 축제 의식에 쓰고 있을 거야. 의식을 치르는 사람은 분명 촌장의 딸 카드리유일 텐데…. 이상하군. 그녀는 조금 전에 열차에 탔잖아. 어떻게 된 거야?"

264 265 266 267 268 269 270 271

272 ↩ 346

부엉이 발에 묶여 있던 암호를 풀자 세 자리 숫자가 드러났다.

"이 번지, 북쪽 산 근처예요!"

"북쪽 산에는 도적이 산다고 하던데, 설마⋯."

◆ **구하러 간다. →** 318로

◆ **그냥 둔다. →** 358로

273 ↩ 235

르네가 카드리유를 부르려고 하자 조이가 막아섰다.

"하지 마. 이렇게 한밤중에 카드리유를 불러서 어떡하려고 그래?"

274 ↩ 130

르네는 주점의 지하로 내려갔다. 변함없이 뒤러가 잔뜩 취해있다.

"어이, 아가씨. 또 왔는가. 이번엔 무엇이 알고 싶어서 왔지?"

◆ **당신에 대한 것! →** 9로

◆ **단서 j가 있는 경우 →** 274 + 지시 번호 j

◆ **뒤러의 행동을 지켜본다. →** 333으로

275 ↩ 163

극심한 두통과 구역질을 견디고 있으니 어디에선가 목소리가 들려왔다.

"⋯너야."

"뭐⋯?"

사진 속의 파울이 말을 하고 있다.

"나를 죽인 사람은 너야."

파울의 목소리다.

"네가 임무를 하지 않았기 때문에⋯, 네가 괴도 달리였기 때문에⋯, 내가 죽고 말았어."

나는 사진을 손에 들고 파울에게 물었다.

"어떻게 하면 되는 거야! 어떻게 하면 되는데!"

"과거를 바꿔. 과거를 바꾸고 나를 되살려줘."

과거를 바꾸라고?"

"그래. 우포나티메를 찾아. 과거로 갈 수 있다는 전설의 보석. 그리고 유적에 있는 운석 결정을 만지는 거다."

"운석 결정을 만지라고…."

◆ 마지막 장으로 → 408로

(276) ↺ 30

르네는 인파를 헤치고 나와 기념탑으로 다가섰다. 탑에는 이 땅을 개척한 일가의 당주 얼굴과 그의 공적이 새겨져 있다.

(277) ↺ 394

"커피도 있을까?"

"물론 있지. 이런 축젯날에 술을 마시지 않는다니. 그쪽 커피를 상당히 좋아하나 봐?"

달리는 내어진 커피잔의 접시를 천천히 몇 번 돌리고는 갈색 액체를 향긋한 향과 함께 입안에 머금었다.

"맛있어. 옛 생각이 나는군."

"음? 그 버릇 어디선가 본 적 있는 것 같은데."

마스터가 달리의 손동작을 보며 말했다.

"그 커피 접시를 돌리는 버릇 말이야. …아! 뭉크다! 몇 해 전에 행방불명된 뭉크도 그쪽처럼 커피 접시를 돌리는 버릇이 있었어."

(278) ↺ 270

"그 돌은 운석 파편이라고 폴록 씨가 말했는데…."

르네는 저쪽 섬과 고대 유적에 관한 책을 꺼내 수십 년 전에 롱가롱고 곳에 흘

러온 두루마리 조각에 관한 자료를 찾았다. (아래 그림 참고)

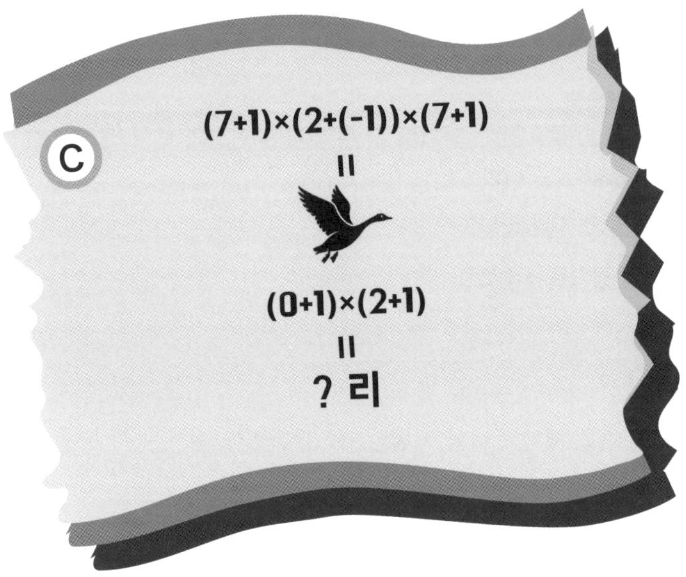

창고 한구석에 있는 낡은 의류 상자는 열쇠로 잠겨 있으며 뚜껑 겉에는 이 땅에 살던 선조들의 고대 문자가 적혀 있다.

"보석의 단서는 분명 이 안에 있을 거야."

옆에 놓여 있는 책장을 살펴보니 같은 고대 문자가 적힌 고문서가 있다. 달리는 고문서를 읽었다.

"〈18세기 초, 이 지역을 방문한 공작이 선조의 보물 우포나티메를 발견했다. 보석은 역대 당주의 손에 의해 전해지다가 이 마을 어딘가에 숨겨졌다〉…."

고문서에는 한 장의 양피지가 끼워져 있다. 이것이 보석이 숨겨진 곳을 알아내기 위한 단서 중 하나이다.

"저 낡은 의류 상자를 열려면 이 양피지에 적힌 수수께끼를 풀어야 할 것 같군. 우선 이 역대 당주들, 비밀스러운 일족에 대해 조사해보자."

【단서 J에 '비밀스러운 일족', 지시 번호 J에 39라고 기입】

【책 뒤에서 부록 ① '양피지'를 자른다. 탐색하며 〈일족의 역사〉 수수께끼를 풀어서 나타나는 숫자에 해당하는 단락으로】

(280)

섬 남쪽에 있는 오두막은 날씨가 좋으면 마을에서도 볼 수 있다.

조이가 숲을 지키는 노인 푸생에게 들은 내용에 따르면 오두막은 5년 정도 전에 갑자기 나타났다고 한다. 상륙이 불가능한 무인도에 홀연히 나타난 오두막을 마을 사람들은 모두 의아하게 생각했다.

지금 바로 앞에서 보는 오두막은 상당히 망가져 있어 사람이 사는 것은 곤란해 보인다. 오두막 뒤쪽에는 덤불에 파묻힌 작은 창고가 있다.

◆ 안으로 들어간다. → 390으로

◆ 뒤쪽 창고를 살펴본다. → 42로

◆ 주변을 탐색한다. → 126으로

(281) ↩ 120

르네는 마스터에게 말을 걸었다.

"아버지를 찾고 있다고? 그렇다면 조금 더 큰 마을로 나가보는 게 좋을 성싶은데. 오늘은 1년에 한 번 있는 과거 순례 축젯날이라서 준비하기도 바쁘단 말이지. 미안하지만 꼬맹이를 상대하고 있을 시간이 없어."

(282) ↩ 274

"이 두루마리 뭔지 아시겠어요?"

르네는 두루마리 조각을 뒤러가 앉은 카운터에 두었다.

"몰라."

아무런 말도 없이 그 자리를 떠나려는 르네에게 뒤러가 말을 이어갔다.

"기다려. 그 두루마리가 무엇인지는 몰라. 그래도 예전에 파울이 비슷한 것을 들고 있었던 거 같은데."

"예전이라면 언제인가요?"

"반년 전쯤일 거야. 꽤나 소중히 갖고 있었어. 그리고 말이야 그 녀석은 소중한 물건은 반드시 침실 전구 안에 숨기거든…. 아무에게도 말해선 안 돼! 크크큭."

【단서 k에 '전구', 지시 번호 k에 20이라고 기입】

(**283**) ↩ 140

"**르**네! 정신 차려!"

뭉크는 르네를 꽉 끌어안고 흔들었다. 르네는 텅 빈 표정으로 허공을 바라보고 있다.

"그…, 그렇지. 우포나티메가 있으면…. 이것이 있으면 르네를 살릴 수 있어."

◆ 보석을 르네에게 쥐어준다. → 395로

◆ 보석을 제단에 끼운다. → 353으로

(**284**) ↩ 152

"**암**호 숫자요? 그러니까…. 7777… 인 것 같은데."

"…돌아가, 꼬마 아가씨."

(**285**)

파울이 사는 집은 성당에서 북쪽으로 가다 보면 강가에 자리 잡고 있다.

5년 전 롱가롱고 곶에서 발견된 파울은 온몸이 상처투성이였으며 모든 기억을 잃어버렸다고 했다.

나는 이 무렵 대공포대의 포격수였는데 빨간 정찰기를 격추한 다음 날 폭격으로 인해 오른팔에 부상을 입고 제대 명령이 떨어졌다. 나는 고향 에스테르다로 돌아와 르동의 진료소에서 치료를 받았다. 파울과는 그곳에서 알게 되었다.

나는 르동의 헌신적인 치료로 무사히 회복한 파울에게 자경단에 입단할 것을 권유했다. 자경단에 입단하면 자연스럽게 마을 사람들과 접하게 되고 기억을 되찾을 수 있는 자극이 될지도 모른다고 생각했기 때문이다.

◆ 단서 b가 있는 경우 → 285 + 지시 번호 b

◆ 단서 h가 있는 경우 → 285 + 지시 번호 h

(**286**) ↩ 212

"일단 몸을 숨길 수 있을 만한 곳으로 도망가야 해."

르네는 조이의 부축을 받고 일어섰다.

◆ 아르카향 유적으로 향한다. → 392로

◆ 해변으로 도망친다. → 432로

287

사무실로 돌아와 우편함을 들여다보았다. 탐정 의뢰는 없는 것 같다.

◆ 잠시 쉰다. → 74로

◆ 단서 Q가 있는 경우 → 287 + 지시 번호 Q

288 ↵ 1 · 174

조사는 2인 1조로 진행한다. 코레조는 폴록과, 뒤러는 푸생과, 뭉크는 파울과 함께한다. 나와 르동은 광장에서 대기하도록 하지."

촌장은 고대 문자가 적힌 자료를 각 팀에 나누어 주었다.

"촌장 양반, 여기에 뭐라고 적혀 있는 겐가?"

푸생이 고개를 갸웃거렸다.

"그것을 해독하는 것이 제군들의 임무다. 고대 문자를 해독할 수 있는 조각이 마을 이곳저곳에 남아 있을 거야."

"그 조각을 찾으면 되는 거군요!"

폴록이 자료를 보면서 고개를 끄덕였다.

"그렇지. 저쪽 섬으로 건너갈 수 있으면 분명 연구가 활발해지겠지만 저기로는 상륙할 수 없으니 말이야."

283
284
285
286
287
288
289

【단서 b에 '조사', 지시 번호 b에 12라고 기입】

【책 앞에서 부록 ⑥ '조사서'를 꺼낸다. 탐색하며 수수께끼를 풀어서 나타나는 숫자에 해당하는 단락으로】

289 ↵ 58

"이건…?"

노트에는 이름이 나열되어 있고 각각의 이름 옆에는 숫자가 적혀 있다. 숫자는 날짜를 가리키는 것 같다. 르네가 까치발을 하고 노트를 들여다본다.

"이 사람들은 누구일까요? 마을 사람인가? 아메데오 피사로… 카미유 산티… 클라라 베르메르… 알프레드 뭉크…."

"알프레드 뭉크…!"

"왜 그러세요? 파울 아저씨."

"이건 행방불명자 리스트야."

"행방불명자?"

"그래. 이 범인은 대체 무슨 짓을…."

"이것 봐요! 파울 아저씨! 이거요!"

르네가 무언가를 보고 소리쳤다. 뒤돌아보니 연녹색 돌을 손에 쥐고 있다. 돌은 창밖에서 들어온 빛을 반사하여 7가지 색으로 빛났다.

"스토브 안에 숨겨져 있었어요!"

"전설의 보석 우포나티메다…!"

"이것이….

두 사람은 한참 동안 보석의 영롱함에 매료되었다.

"역시 여기는 범인의 은신처였나 봐요."

"그런가 보군. 틀림없어. 그리고 범인은 9년 전부터 이 마을에서 이어지던 행방불명과도 관련 있는 것 같아. 분명 이 마을에 살고 있는 사람이겠지. 그리고 이 노트에 적힌 글자. 자세히 보면 잉크가 오른쪽으로 번져 있어."

"그게 왜요?"

"범인은 왼손잡이라는 뜻이야."

"대단해요! 파울 아저씨, 탐정 같아요."

"…탐정이야. 후우, 오늘은 늦었으니 다음 수사는 훗날 이어서 해야겠어…."

두 사람은 마을로 돌아갔다.

【지도의 뒷면 '주민 리스트'의 조건 ①에 '왼손잡이'라고 기입. 이후, 조건에 부합하는 인물이 있으면 리스트에 체크할 것】

◆ 마을로 돌아간다. → 26으로

【 **290** 】

르네는 탐정사무소 앞으로 갔다. 여기라면 아버지 찾는 데 도움이 될지도 모른다는 생각이 들었다. 르네는 사무소 문에 적혀 있는 글자를 읽었다.

파울 모와이에 탐정사무소
영업시간 AM 9:00부터

◆ 안으로 들어간다. → 54로

291 ↩ 205

코레조의 아내는 가게 안에서 꺼내온 잡동사니를 외부에 모으고 있다.

"이 잡동사니를 어쩌려고?"

"우리 남편이 주워 왔어요! 이것 좀 보세요. 이렇게 너덜너덜한 종잇조각을 가지고 와서는 '이건 엄청난 두루마리 조각이야!'라고 하는데 나는 이런 것 좀 버렸으면 좋겠어요!"

"으음. 나는 어떤 가치가 있는지 잘 모르겠지만 어쩌면 진짜 가치가 있는 물건일지도 모르잖아. 물품보관소에 들고 가서 감정이라도 받아 보는 게 어때?"

그렇게 말하자 그녀는 중얼중얼 혼잣말을 하면서 잡동사니를 어딘가로 가져갔다.

292 ↩ 39

광장에 나와 있던 이동 가판대에서 아이스크림을 사주자 르네는 눈을 반짝이며 기뻐했다.

"호들갑 떨기는. 고작 아이스크림 하나에."

"으, 으음. 아버지가 있다면 이런 느낌일까요?"

르네는 얼굴이 빨갛게 달아오른 채 말했다.

290
291
292

293

파울 모와이에 탐정사무소다. 문은 잠겨 있으며 종이가 붙어있다.

> 오늘 해수욕으로 인해
> 휴업합니다.

"평화로운 마을의 탐정은 여유롭구만."
달리는 비꼬는 듯한 웃음을 짓고는 탐정사무소를 돌아섰다.

294 ↩ 395

뭉크는 여기서 죽을 것을 각오했다. 르동이 쥔 총이 작게 떨리고 있다.

"파울을 죽이게 하고…, 아무런 죄도 없는 사람을 나는…."

"르동…, 설마 너도 과거로 돌아갈 생각이었던 건가? 가짜 괴도 카를에게 보석을 훔치도록 시킨 건 너도 과거로 돌아가고 싶었기 때문인 거야…?"

"그렇다. 그 보석으로 나는 과거를 고칠 거야. 깊은 죄를 지은 나의 과거를…, 그리고 너를 죽일 거야…!"

르동이 방아쇠를 당겼다.

GAME OVER

295

조금 떨어진 곳에 있는 가로등이 탐정사무소 현관을 희미하게 비추고 있다. 주변에는 정적이 흐르며 이따금 풀 속에서 쓰르르하는 곤충 우는 소리가 들린다. 창문으로는 어떠한 빛줄기도 새어 나오지 않는다.

"파울 아저씨는 분명 자고 있을 거야."

◆ 단서 V가 있는 경우 → 295 + 지시 번호 V

(296) ↺ 59

서두르면 일을 그르치고 만다. 조바심을 내서도 안 된다. 달리는 스스로를 타일렀다.

촌장과 조금 거리를 두고 멀찌감치 떨어져 촌장의 행동을 지켜본다. 지켜보는 이가 많아 좀처럼 이 상황에서 열쇠를 훔치기란 쉽지 않아 보인다.

◆ 말을 건다. → 214로

◆ 직접 찬스를 만든다. → 231로

(297) ↺ 285

파울이 우편함 속을 들여다보고 있다.

"누군가 편지라도 부쳐주는 거야?"

내가 물어보자 파울이 고개를 끄덕였다.

"요즘 모르는 사람에게 편지를 받고 있어. 내용은 항상 아르카향 유적에 관한 자료를 정리한 건데…"

"그렇군…"

"그나저나 뭉크, 우리 집에 볼일이 있어서 온 거야? 저쪽 섬이나 유적에 대한 건 나도 개인적으로 조사하고 있는데 고대 문자에 관한 정보는 좀처럼 보기 힘들어."

수염이 덥수룩한 남자가 마지막 볼트를 조임과 동시에 르네가 상점가에서 돌아왔다.

"제가 늦었나요…?"

르네는 가쁜 숨을 몰아쉬며 그 자리에 털썩 주저앉았다. 수염이 덥수룩한 남자는 그런 르네를 보고 빙긋이 웃었다.

"아니, 거의 동시였어. 비긴 셈이군. …할 수 없지. 너희 나랏돈으로 차를 고쳐주마."

"정말이요!?"

"너 꽤 마음에 들었어. 이름이 뭐지?"

"르네요."

"나는 코레조라고 한다. 허허. …뭉크 녀석이 행방불명이 된 뒤로는 혼자서 도박을 해도 재미가 있어야지 말이야."

"뭉크라는 사람은 누구예요? 아저씨 친구?"

"응? 아니 혼잣말이야. 좋았어! 자전거 수리도 끝났고 하니 차 상태를 보러 가볼까?"

◆ **차를 보러 간다.** → 312로

르네는 책상 위에 놓인 액자를 들어 올렸다.

"이거 파울 아저씨죠? 군인이었어요?"

"군인이 아냐. 이 마을의 자경단이다."

"이 사람은 누구예요?"

"뭉크."

"아저씨 친구?"

"…그 녀석은 5년 전에 행방불명되었어. 그리고 나는 탐정이 되었지."

"뭉크 씨를 찾기 위해서 탐정이 된 건가요?"

"아니. 그 녀석은 이제 여기로 돌아오지 않을 거야."

"그걸 어떻게 확신하죠?"

"…여기서 한가롭게 옛날이야기나 하고 있을 시간이 없어. 가자."

(300)

르네는 마을을 정처 없이 떠돌다가 파울 탐정사무소 앞까지 왔다.

어제 르네와 함께 마을을 수사한 사람은 아버지로 변장한 괴도 달리, 알프레드 뭉크였다.

달리가 변장에 능하고 아버지의 친구였다면 어제 만난 탐정 파울은 자신의 아버지와 닮아 있는 걸까? 르네는 도무지 알 수 없었다. 알 수 없다는 사실이 르네 마음속에 뚫린 어두운 구멍을 더욱 크게 만드는 것 같다.

◆ 뭉크를 만난다. → 164로

(301) ⟳ 157

제3장 : 괴도 살인 사건 〔 2일 차 이른 아침 〕

298
299
300
301

남자는 꿈을 꾸고 있다.

꿈속에 5년 전에 죽은 친구가 나타났다. 그 친구는 남자의 품 안에서 숨을 거두었다. 눈물이 한 방울 뺨을 타고 흐르다가 떨어졌다.

"파울! 일어나봐! 파울!"

요란스러운 노크 소리에 남자는 잠에서 깼다. 그 순간 남자는 꿈에서 본 것을 잊어버렸다. 침대 속에서 짧은 신음 소리를 내고는 몸을 뒤척였다.

"파울! 큰 사건이 생겼다고!"

코맹맹이 소리로 외친 사람은 의사 르동이었다.

"르동, 아직 아침 6시 반이야. 우리 탐정사무소 영업시간은 9시부터라고 거기에 적혀 있잖아."

남자는 눈을 뜨지 못한 채 대답했다.

고양이 빔보가 침대 위 베갯머리로 뛰어 올라와 코를 남자의 미간에 갖다 댔다.

"보나 마나 또 코레조가 부부싸움이라도 한 모양이지. 빔보가 듣고 말해줘."

"살인 사건이라고!"

그 말을 들은 남자는 침대에서 벌떡 일어났다. 번개처럼 부엌을 빠져나와 나이트캡을 쓴 채로 현관문을 열어젖혔다. 눈을 동그랗게 뜨고는 의사를 흘겨보았다.

"살인이라고? 왜 빨리 말하지 않은 거야!"

"미, 미안. 어? 파울, 울고 있었던 거야?"

"아니."

"그렇군. …아무튼 큰일이야! 빨리 와줘야겠어."

르동은 훤히 드러난 이마를 손수건으로 닦으며 말했다. 계속 소리치는 바람에 얼굴이 붉게 상기되었다.

"옷만 갈아입고 곧장 갈게. 현장은?"

"히트로코 호숫가. 기다리고 있을게."

【제3장에서 마을을 탐색하려면 지도에 적힌 각 번지에서 3을 뺄 것. 예를 들어 지도 상에 100번지인 장소로 가고 싶은 경우, 97번 단락으로 이동한다. 단, 직접 기입한 번 지로는 갈 수 없다.】

(**302**) ↩263

달리는 비밀스러운 일족에 대해 적힌 책을 찾았다. 찾은 것은 단 한 권뿐이었 다. 달리는 책에 적힌 정보를 메모했다. (아래 그림 참고)

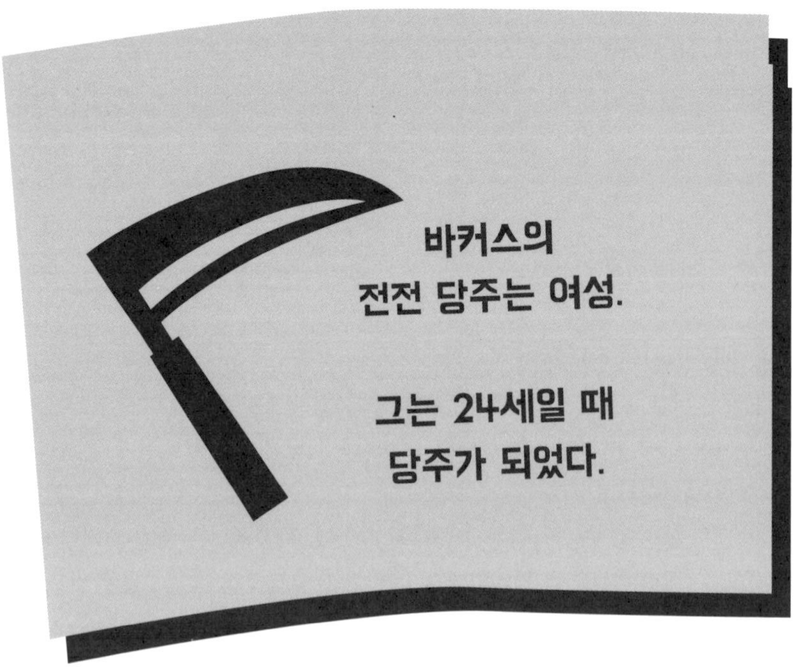

(303) ↺ 12

"이걸로 의식을 마친 것 같아."

이제 숲을 빠져나가 돌아가기만 하면 된다. 카드리유에게 의식을 무사히 마쳤다는 것을 알리면 10년 전에 본 광경에 대해 자세히 이야기해 줄 것이다. 안도감과 함께 이마의 땀을 닦았을 때 르네의 등 뒤에서 털이 덥수룩한 팔이 불쑥 뻗어 나왔다.

미처 저항할 틈도 없이 르네의 입은 손수건으로 틀어막힌 채 그대로 잠에 빠져들 듯 의식을 잃었다.

◆ 몽롱한 의식 → 356으로

(304) ↺ 321

304호실은 꼭대기 층 모서리에 있는 방이다. 창밖으로는 하루카인 광장과 상점가가 보이며 그 너머로는 히트로코 호수가 보인다. 이 객실에서 머물던 남자도 설마 저 아름다운 호숫가에서 살해당할 줄은 예상하지 못했을 것이다.

◆ 금고를 살펴본다. → 341로
◆ 침대를 살펴본다. → 149로

(305) ↺ 392

르네와 조이는 수수께끼를 풀어 문을 열었다. 안으로 들어간 후 내부에서 문을 잠그고 두 사람은 숨을 죽였다.

문 반대편에서 발소리가 들린다. 두 사람을 찾는 추격자의 발소리다. 한동안 기다리자 발소리가 멀어졌다.

"지금 무슨 일이 일어나고 있는 거야? 역시 그 은신처를 쓰고 있던 범인의 소행인 건가…."

"아마 그렇지 않을까? 그런데 왜 우리를 노리고 있는 걸까…?"

조이는 문을 열고 바깥의 동태를 살폈다.

"이제 괜찮은 것 같아. 가자."

◆ 유적 안을 탐색한다. → 137로
◆ 유적에서 나간다. → 71로

(**306**) ↺ 261

나는 책상 위에 올려져 있는 일기를 읽었다.

"이건 파울의 일기!? …추락했다고? 파울은 표류해서 섬으로 흘러왔다고 했는데… 자신이 적국의 비행기를 타고 있었다는 사실을 감추고 싶었던 걸까?"

나는 일기를 덮었다.

"역시 파울은 정말로 과거로 돌아갈 생각인 거야…."

그러자 그때. 멀리서 무언가 터지는 듯한 소리가 들렸다. 내 총이 발포되는 소리와 똑같은 소리였다.

나는 오두막 밖으로 뛰어나갔다. 하늘은 점점 밝아지고 있어 더 이상 랜턴은 필요 없었다. 소리가 들린 곳은 서쪽 해변 쪽인 것 같았다.

◆ 서쪽 해변으로 향한다. → 114로

(**307**) ↺ 264 · 328 · 378

"**좋**아. 하지만 수사는 늘 위험이 도사리고 있어. 내가 위험하다고 판단하면 얌전히 지시에 따르도록 해."

"네!"

【단서 Q에 '르네', 지시 번호 Q에 12라고 기입】

(**308**) ↺ 285

"**파**울, 집에 있어?"

나는 파울 집의 현관을 두드렸다. 아무런 대답이 없다. 집 안의 조명도 켜져 있지 않은 것 같다.

"특별 임무가 아직 끝나지 않은 건가…?"

309 ↩ 322

"**저**게 뭐야!?"

달리는 소리치며 하늘을 가리켰다.

"어? 어? 무슨 일이에요?"

카드리유는 아무것도 없는 하늘을 올려보았다. 달리는 그 틈에 카드리유의 가방에서 열쇠를 꺼냈다.

"아, 아니, 잘 못 본 것 같습니다. 군대의 새로운 비행 무기인 줄 알았더니 그냥 부엉이였어요. 북쪽 산으로 가는 것 같네요."

"부엉이…. 어머! 안 되겠어요! 열차를 놓칠 것 같아요! 그 사람을 만날 수 없게 되면…."

카드리유는 정신을 되찾고 개찰구를 통과해 열차에 뛰어올랐다.

【단서 I에 '보물 창고 열쇠', 지시 번호 I에 11이라고 기입】

310 ↩ 295

르네는 탐정사무소의 문을 노크했다.

"파울 아저씨. 밤늦게 실례합니다."

아무런 대답도 돌아오지 않는다.

"역시 잠든 모양이야. 조이, 아쉽지만 내일 다시 오도록 하자."

"…응. 어라?"

조이가 별 뜻 없이 문손잡이를 비틀자 문이 열렸다. 두 사람은 서로의 얼굴을 바라보았다.

◆ 탐정사무소로 들어간다 → 119로

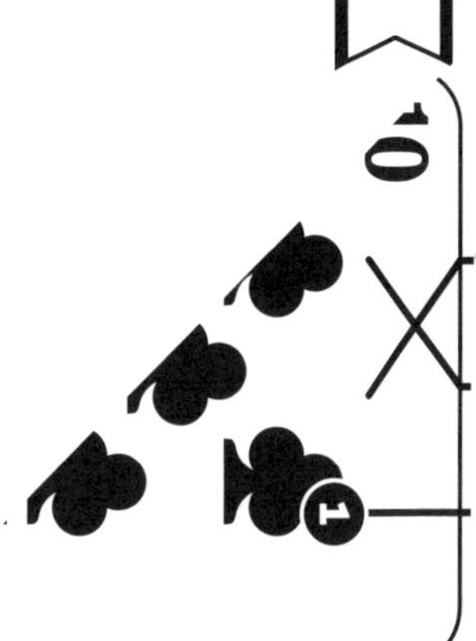

(311) ↻ 50 · 151 · 244

"**미**안하게 됐군, 뭉크. 오늘은 운이 따르나 보네. 나는 카드 체인지를 하지 않아도 돼."

파울은 그렇게 말하고는 손에 든 패를 오픈했다.

"앗!"

"하하하. 스트레이트 플러시야! 이걸 이길 수 있는 건 로열 스트레이트 플러시뿐이라고. 특별히 두 번의 기회를 주지."

【이 책의 구석구석을 살핀 후, 수수께끼를 풀어서 나타나는 숫자에 해당하는 단락으로】

로열 스트레이트 플러시란

같은 무늬의 10, J, Q, K, A를 조합해서 만들 수 있는 패.
조커를 사용하지 않는 한 가장 강력한 조합.

스트레이트 플러시란

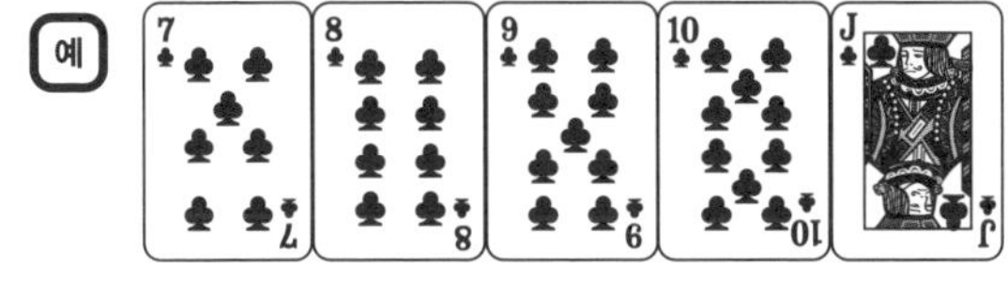

같은 무늬의 5장의 카드가 숫자 순서대로 배열된 패.
A, 2, 3, 4, 5가 가장 약하고 9, 10, J, Q, K가 가장 강하다.

오 일 - 사 십

코레조는 르네의 자동차를 정성스럽게 살폈다.

"이 녀석은 못 쓰겠구만."

"그렇게 안 좋은가요?"

"고치지 못하는 건 아니지만 부품을 조달해 와야 해. 서둘러도 이틀은 걸릴 거야. 대금은 700그래비디다. 너희 나랏돈으로는 1200팟 정도 되겠군."

"이틀이라…. 할 수 없죠 뭐."

"아무튼 나한테 맡겨두라고. 구석구석 손봐둘 테니까 말이야. 그나저나 너 무슨 일로 이런 시골까지 오게 된 거야?"

"말하지 않았었나요? 행방불명된 아버지를 찾고 있어요. 차가 다 고쳐질 때까지 이 마을에서 찾아볼까 해요."

"흐음. 그럼 좋은 것 하나 알려주지. 이 마을의 정보는 모두 이니이시 주점에 있는 뒤러라는 남자가 모으고 있다."

"주점의 뒤러…."

"뭐, 그 녀석을 만날 수 있을지 어떨지는 너에게 달렸다고나 할까?"

코레조는 빙긋이 웃었다.

【단서 B에 '주점의 뒤러', 지시 번호 B에 32라고 기입】

폴록의 집 문을 노크해 봐도 아무런 대답이 없다. 집을 비운 모양이다.

전쟁이 끝나고 자경단이 결성되었을 때, 폴록은 누구보다 빨리 입단했다. 나는 이전에 왜 자경단에 들어오게 되었는지 폴록에게 물어본 적이 있다.

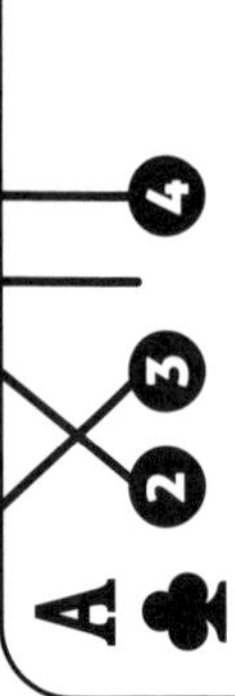

"나는 전쟁 중이나 끝난 후에나 한결같이 마을 사람들에게 도움 되지 않는 일만 하고 있어서 다들 나를 좋게 생각하지 않으니까…."

그가 연구하는 고고학이나 뇌에 관한 지식이 이 마을에서 사는 사람들에게 도움 되었던 적은 없다. 사람들은 그를 은연중에 무시하고 있었다. 폴록은 그 사실을 알고 있었던 것이다.

"그래도 괜찮아. 지금은 아무에게도 도움 줄 수 없다 하더라도 아무도 구할 수 없는 지식이라 하더라도, 언젠가 도움이 절실한 사람을 구할 수 있을지도 모르잖아. 내가 이 세상에서 사라진 후, 먼 미래에 일어날 일일지도 모르고. 그게 학자라는 직업일 거야. 분명, 아마도."

언젠가 자경단의 단원과 함께 주점에 갔을 때 좀처럼 술을 마시지 않던 폴록이 취해서 그렇게 말했다.

314 ↰227

노크하려고 문 앞으로 다가서자 집 안에서 복소리가 들려왔다.

"괜찮을 거예요. 침착하세요, 촌장님. 카드리유는 금방 돌아올 거예요. 행방불명된 게 아니에요."

목소리가 점점 가까이에서 들리더니 소녀가 안에서 문을 열었다.

"카드리유가 아직 돌아오지 않았구나. 사람들이 걱정하기 전에 돌아오면 좋을 텐데…."

소녀는 팔짱을 끼고 혼잣말했다. 어제 낮 탐정사무소를 찾아온 소녀다.

◆ 단서 P가 있는 경우 → 314 + 지시 번호 P

(**315**)

성당 주변은 하수도 공사가 한창이다. 오늘은 공사를 쉬는 것인지 인부들은 보이지 않지만, 성당 옆에 있는 빨간 지붕 집에서 우물까지는 공사 자재로 인해 통행이 금지되어 있다.

◆ 단서 b가 있는 경우 → 315 + 지시 번호 b
◆ 단서 h가 있는 경우 → 315 + 지시 번호 h

(**316**) ↵ 113

아니요, 말씀은 감사하지만 저는 가지 않을래요.”

“그렇군요. 그나저나 정말로 고맙습니다. 만약 마음이 바뀌어서 방을 보고 싶어지면 언제든 오세요.”

(**317**)

에스테르다 성당은 장엄하다기보다는 소박하고 친근감 있는 분위기다. 신부도 서글서글한 인물이라 마을 사람들도 그를 따른다. 성당 관계자에게만 국한된 말이 아니라 9년 전 전쟁이 끝난 후로 평화가 이어지고 있는 이 마을에서는 사람들도 자연스레 느긋한 성격으로 변하고 있는 모양이다.

◆ 단서 P가 있는 경우 → 317 + 지시 번호 P
◆ 단서 Q가 있는 경우 → 317 + 지시 번호 Q

(**318**) ↵ 272

분명 의식의 랜턴은 이 소녀와 함께 있겠지. 소녀를 구하지 않으면 보석의 위치도 영영 알 수 없다는 뜻이다.

“저는 르네를 구하러 갈 거예요.”

조이가 말했다.

“다리 다친 건 이제 괜찮은 거야?”

“르동 선생님이 치료해 주셔서 괜찮아요!”

◆ 데려 간다. → 72로
◆ 두고 간다. → 112로

(**319**) ↵234

집 안은 딱히 달라진 것이 없어 보였다. 커피 테이블도, 팔걸이 의자나 책장도, 카펫이나 벽에 걸려 있는 장식 접시도 모두 집을 나서기 전의 위치에 그대로 있다.

"열쇠를 잠그는 걸 잊어버린 건가?"

나는 자신을 그렇게 달래며 소파에 몸을 기댔다.

그때, 나는 책상 서랍이 조금 열려 있는 것을 알아챘다.

◆ 책상 서랍을 살펴본다. → 348로

(**320**)

르네는 마을에 있는 성당을 찾았다. 높은 곳에서 보이던 십자가가 여름날의 파란 하늘에 비쳐 하얗게 빛나 보인다. 성당 문은 활짝 열려 있으며 안에서는 마을 사람들이 기도를 하고 있다.

◆ 예배하고 있는 남자에게 말을 건다. → 382로

◆ 긴 의자에 앉아 있는 여자에게 말을 건다. → 8로

(**321**) ↵250

"잠시 여쭤볼 게 있는데요, 이 호텔에 보라색 깃털 달린 모자를 쓴 남자가 묵지 않았나요?"

르네는 프런트에 있는 남자에게 물었다.

"네, 그분이라면 엊그제 투숙했다가 어제 아침 체크아웃했습니다만…."

"몇 호실이죠?"

프런트의 남자는 숙박부를 넘기며 방을 확인했다.

"304호실입니다. 실례지만 당신들은 누구십니까?"

"사립 탐정입니다. 오늘 아침에 일어난 사건에 대해서 조사하고 있습니다. 방을 볼 수 있을까요?"

"오늘 아침에 일어난 사건이라면… 설마!"

남자의 안색이 창백해졌다.

"뭔가 이상하다고 생각했지요. 방에 금고가 있는데 그 번호가 바뀌어 있어서 곤란합니다."

◆ 304호실로 간다. → 304로

달리는 카드리유에게 말을 걸었다.

"이게 누굽니까, 카드리유 씨. 잘 지내고 있습니까?"

카드리유는 깜짝 놀라 몸을 가늘게 떨었다.

"어머, 안녕하세요. 실례합니다."

서두르고 있는 모양인지 카드리유는 달리의 옆을 지나쳐 개찰구로 향했다. 열차에 타면 귀찮아지니 붙잡아야 한다.

◆ 함께 열차에 올라탄다. → 401로

◆ 저게 뭐지!? 하고 외친다. → 309로

달리는 성당을 찾아갔다.

성당 벽은 석양으로 인해 빨갛게 물들어 있다. 입구는 활짝 열려 있지만 안에는 아무도 없다. 신부나 수녀도 과거 순례 축제에 참가하기 위해 광장에 나간 듯하다.

성당 뒤쪽에는 묘지가 있다.

◆ 뒤쪽 묘지로 간다. → 7로

이대로라면 파울은 확실히 살해되고 만다. 나는 나무 뒤에서 뛰쳐나와 남자를 덮쳤다.

완벽히 허를 찔린 남자는 내가 건 태클로 인해 쓰러졌다. 총을 빼앗으려고 상대를 올라탄 순간, 또 한 번 총소리가 울리며 나의 몸이 뒤로 날아갔다. 총을 맞은 것이다.

옆구리에서 흐르는 피를 막고 나는 남자의 얼굴을 보았다.

그 얼굴은….

GAME OVER

325

성당 주변은 가로등이 없어서 달빛마저 없는 오늘 같은 밤은 깜깜하다. 문은 굳게 닫혀 있으며 열쇠가 잠겨 있어 안으로는 들어갈 수 없다.

◆ 묘지로 간다. → 413으로

326 ↶222

시체는 후두부에서 피가 흐른다. 등 뒤에서 누군가에게 가격당한 것 같다. 옷깃에는 검붉은 피가 스며들었다. 상의의 등 부분에 숨겨진 주머니가 있다. 그 속에는 작은 종잇조각이 한 장 들어 있다. (아래 그림 참고)

"그게 뭐야?"

르동이 고개를 길게 빼고 메모를 들여다보았다. 보라색 펜으로 동양의 글씨가 적혀 있다.

"이 남자 동양인처럼 보이진 않는데 말이야…."

【수수께끼를 풀어서 나타나는 숫자에 해당하는 단락으로】

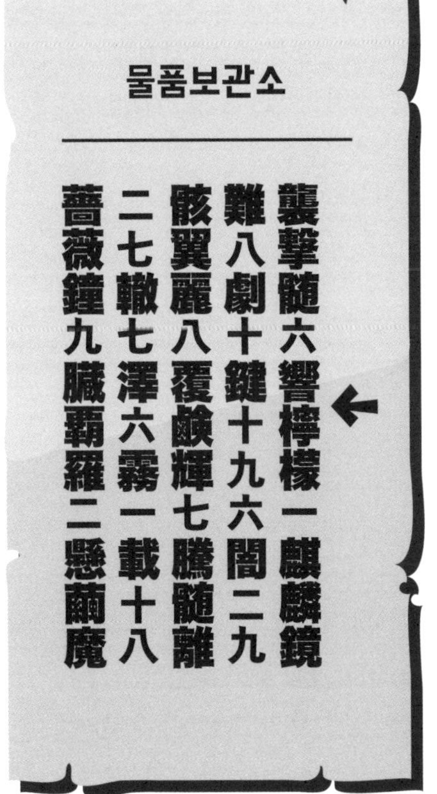

(327) ↩315

"**선**조들의 고대 문자라….."

나와 파울은 성당 신부를 상대로 탐문 조사를 했다.

"우리 성당 뒤에 있는 묘지에는 선조의 무덤이 없지만 지하 봉안당에는 선조의 것으로 추측되는 유골이 몇 구 있습니다."

◆ 지하 봉안당으로 간다. → **86**으로

(328) ↩314

"**어**이, 르네. 촌장님께 인사하러 온 거야?"

"아, 파울 아저씨. 안녕하세요. 어? 그런데 제가 어제 제 이름을 말씀드렸나요?"

"지금은 그게 중요한 게 아니라고. 이 트렁크 본 적 없어?"

"네? 어디선가 본 적 있는 것 같아요. 어디더라…."

르네는 팔짱을 낀 채로 고개를 갸웃거렸다.

"오오! 본 적 있구나! 잘 생각해 봐!"

"자, 잠깐만 조용히 해 주세요. 그, 그러니까… 아!"

"어디서 봤지? 빨리 말해줘."

"성당이에요! 어제 성당에서 이 트렁크를 갖고 있는 남자를 봤어요. 분명 보라색 깃털이 달린 모자를 쓰고 있었어요. 그 사람은 왜 찾고 있는 거죠?"

"오늘 아침 신문 못 봤어? 호수에서 시체가 발견되었지. 네가 본 그 남자일지도 몰라."

소녀는 촌장 저택의 우편함에서 신문을 꺼내 펼쳤다.

"어머! 괴도 달리가 살해당했다고요!? 그, 그럴 리가… 어젯밤 달리 아저씨가 제 목숨을 구해줬다고요…!"

"그래. 아직은 밝혀지지 않은 게 많지만 말이야."

"파울 아저씨, 범인을 찾고 있는 거죠? 저도 도울게요. 달리 아저씨는 본 적도 없는 저를 구해줬어요. 은인의 억울함을 풀어주고 싶어요."

◆ 따라와도 좋다. → **307**로

◆ 성가시기만 할 뿐이야. → **378**로

"**저**기, 신부님. 이 성당에 보라색 깃털 달린 모자를 쓴 남자가 왔었죠? 기억하세요?"

"아아! 왔습니다. 트렁크를 성당 입구에 내려둔 후, 부엉이 모양의 장식이 달린 모자걸이에 모자를 벗어 걸었다가 무슨 생각인지 다시 모자를 쓰고 성당 안으로 들어왔죠. 저기 있는 긴 의자에 앉아 한동안 눈을 감고 있는 듯했어요. 나갈 때는 성당 뒤쪽의 닭에게 사료인지 쓰레기인지 뭔가를 던져주고 가던데요."

서둘러 깃털 달린 모자를 쓴 남자가 있었다는 곳을 살펴보았다. 그러자 책상 속에서 작은 종잇조각이 발견되었다. (아래 그림 참고)

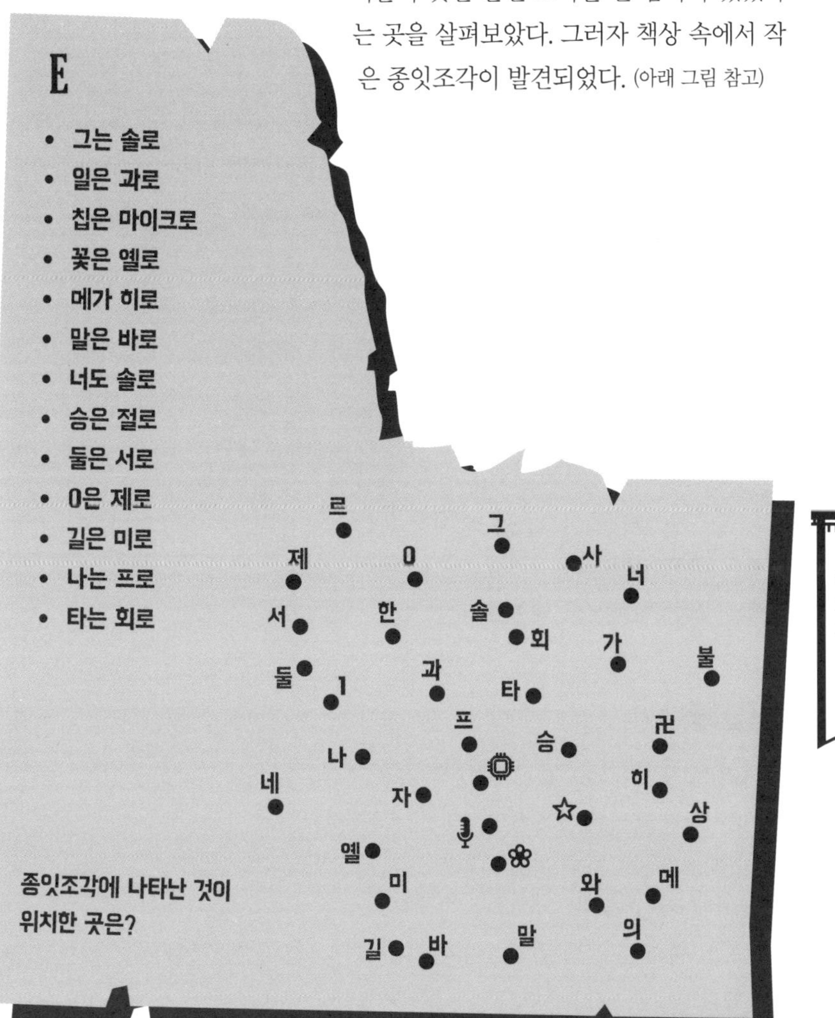

르네는 성당을 찾아갔다. 예배를 하러 온 사람은 없으며 신부가 설교단에 양쪽 팔꿈치를 괸 채 머리를 감싸 쥐고 있다.

◆ 신부의 이야기를 듣는다. → 73으로

 ⤶317

신부는 긴 책상 위에 놓인 트렁크를 보고 고개를 갸웃거렸다.

"이 트렁크를 가지고 있던 인물 말씀인가요…. 아쉽게도 짐작 가는 곳이 없군요."

"그렇습니까? 그럼 실례했습니다."

"그러고 보니 어제 여행 중이던 소녀가 이 성당에 왔었습니다. 그 소녀라면 알고 있을지도 모르겠군요. 매우 총명해 보이는 얼굴이었습니다. 르네라는 이름이었던 걸로 기억하고요. 오늘은 카드리유를 만나려고 촌장 저택으로 간다고 하더군요."

 ⤶62

두 사람은 은신처 안으로 발을 들여놓았다.

책상 위에 놓인 랜턴에 불을 붙이자 방 안이 환히 드러났다.

"그럼 저쪽 섬으로 갈 수 있는 방법을 찾아보자. 대단한 건 없어 보이지만 말이야."

◆ 침대를 살펴본다. → 45로
◆ 책상을 살펴본다. → 116으로

 ⤶274

"**어**머, 용건이 없으면 오면 안 되나요?"

"나는 잡담은 하지 않아."

"신경 쓰지 않으셔도 돼요."

"흥. 마음대로 하라고…."

뒤러는 계속 술을 마셨다. 술병을 들고 술을 따를 때도 술잔을 들 때도 왼손을 사용했다.

334 ↩414

"일단 한번 봐주지 않으시겠어요? 제가 매우 곤란한 상황이라서요."

"돈도 없는 손님은 손님이 아니라고."

"돈이 있다니까요!"

남자는 아무런 대꾸도 하지 않았다. 왠지 고집스러운 사람인 것 같다. 르네는 하릴없이 수리점에서 발길을 돌렸다.

"참 깐깐한 아저씨야! 그래도 이야기할 수 있는 방법을 찾아야 해. 이 사람의 성격을 잘 알고 있는 사람이라도 있으면 좋을 텐데…."

335

나는 남쪽 숲 근처에 있는 벽돌집을 찾아갔다. 프리다와 그녀의 아들 조이가 함께 살고 있는 집이다. 엄마 프리다는 공예가로 그녀가 만든 새피리는 나쁜 기운을 쫓는 부적으로써 인기가 좋다.

◆ 노크한다. → 11로

◆ 단서 e가 있는 경우 → 335 + 지시 번호 e

(**336**) ↲431

바닥에는 하얀 먼지가 얇게 쌓여 있다. 르네는 기침하며 구석 바닥의 손잡이를 조사했다.

손잡이에는 세 자리 자물쇠가 걸려 있으며 바닥에는 무언가 새겨져 있다. (오른쪽 그림 참고)

【수수께끼를 풀어서 나타나는 숫자에 해당하는 단락으로】

(**337**)

부엉이 소년 조이는 초원 가운데 세워진 벽돌집에 혼자 살고 있다. 주변은 정적에 휩싸여 있으며 들리는 것이라곤 집 뒤로 흐르는 개천의 물줄기와 풀을 어루만지는 바람 소리, 그리고 정오를 알리는 성당의 종소리 정도다.

◆ 소년을 찾아간다. → 89로

(338) ↵ 315

나는 랜턴을 들고 집을 뛰쳐나와 성당으로 달렸다. 어두운 밤길을 있는 힘껏 랜턴으로 비추지만 어두움이 짙어 몇 미터 앞도 보이지 않았다.

"파울!"

성당에 도착해서 소리쳤다. 주변을 둘러봐도 인기척이 없다.

"대체 어디로 간 거야…?"

그렇게 말한 나는 머리카락이 쭈뼛 섰다. 설마.

"설마… 파울은 행방불명된 건가….."

◆ 성당 뒤쪽의 둑을 찾아본다. → 216으로

◆ 묘지를 찾아본다. → 405로

(339) ↵ 225

나는 촌장 저택의 문을 노크했다.

"아빠는 지금 집에 안 세세요."

뒤를 돌아보자 원피스를 입은 소녀가 서 있다.

"이야, 카드리유. 한참 못 본 사이에 많이 자랐구나."

도도해 보이는 소녀는 나를 곁눈질로 흘겨보았다.

"어린애 취급하지 마세요! 저, 벌써 남자 친구도 생겼다고요."

"그렇구나! 그 이야기는 좀 놀랍네. 너 아직 10살이지 않았나?"

"11살이에요! 남자 친구는 옆 도시에 살고 있어요. 뭉크 아저씨와는 달리 멋있다고요!"

(340)

르네는 마을 외곽에 있는 벽돌로 지어진 집을 찾아갔다. 집 뒤편은 둑으로 되어 있고 완만한 강이 흐르고 있다.

소년이 집 앞의 돌담에 기댄 채 슬픈 표정으로 발아래의 돌멩이를 차고 있다. 르네와 비슷한 또래처럼 보인다.

◆ 소년에게 말을 건다. → 43으로

오크 책상 아래에는 귀중품을 넣기 위한 작은 금고가 있다. 프런트에 있던 남자는 깃털 모자를 쓴 남자가 번호를 마음대로 바꾸어 놓았다고 했다.

◆ 단서 U가 있는 경우 → 341 + 지시 번호 U

르네와 조이는 지혜롭게 키를 꺾어서 포효하는 소용돌이를 무사히 빠져나왔다. 바람이 점차 잦아들고 소용돌이도 작아지다가 사라졌다.

작은 배는 파도에 흔들리며 천천히 접안했고 르네와 조이는 무사히 저쪽 섬에 상륙할 수 있었다.

"여기가 저쪽 섬…."

주변이 어두워서 섬을 둘러볼 수 없었지만 울창한 수풀이 섬을 뒤덮고 있다는 것은 알 수 있었다. 모든 것을 감추는 듯한 검은 수풀이다.

"카드리유는 아르카향 유적이 있는 산 반대쪽으로 무언가 떨어졌다고 말했어."

조이가 지도를 펼쳤다.

"당연하겠지만 지도에는 아르카향 유적과 마을에서 보이는 오두막의 위치만 그려져 있어."

"이렇게 어두워서야 이 랜턴으로 섬을 탐색하기는 어려울 것 같아."

"일단 가보자."

【지도의 '아르카향 유적'에 200, '오두막'에 280 이라고 기입】

달리는 마을 외곽에 있는 벽돌집을 찾아갔다. 이 집에 살고 있는 소년 조이는 조금 특이한 친구다. 사람과는 별로 교류하지 않고 항상 부엉이나 동물들과 함께 어울린다. 부모님은 어렸을 때 돌아가시고 숲을 지키고 있는 노인 푸생이 소년의 보호자 역할을 하고 있다.

◆ 집으로 들어간다. → 18로

◆ 단서 L이 있는 경우 → 343 + 지시 번호 L

◆ 단서 M이 있는 경우 → 343 + 지시 번호 M

(344) ↵ 113

"**좋**습니다. 그럼 저를 따라오세요."

양초에 불을 붙이고 지하 봉안당으로 내려가는 신부의 뒤를 르네가 바짝 붙어 따라갔다.

셀 수 없을 만큼 많이 쌓인 두개골이 지하 봉안당에 발을 들인 르네를 바라보았다. 르네는 과거에는 살아 있던 사람들에게 시험당하는 듯한 느낌이 들었다.

"여기입니다."

"앗!"

신부가 문을 열자 관이 늘어서 있다. 모든 관에는 해골이 누워있다. 르네는 그 중 한 해골이 두루마리 조각을 움켜쥐고 있는 것을 발견했다. (아래 그림 참고)

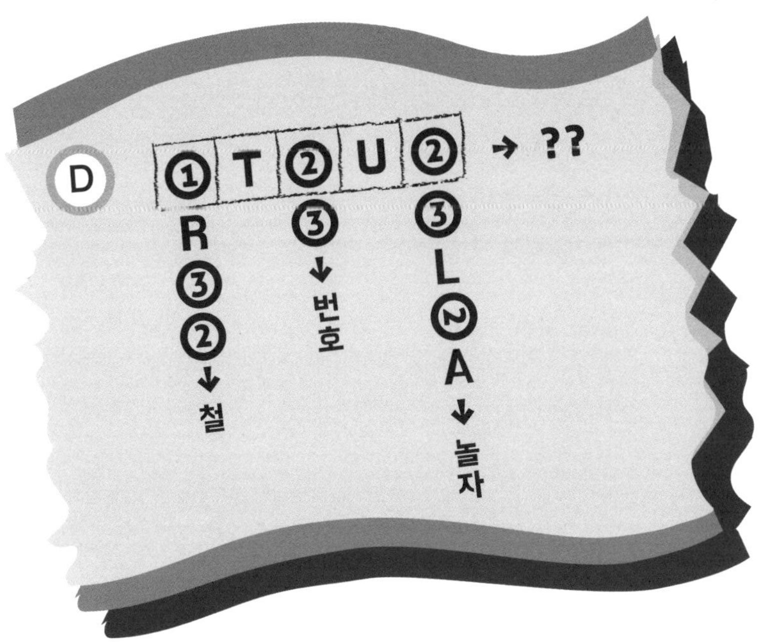

(345)

두 사람은 조이의 집으로 갔다.

"우리 집까지 와버렸네. 난 두고 온 게 없어. 이렇게 어두워서야 사진도 찍히지 않을 테고 말이야."

(346) ↩ 343

달리가 노크하려고 하자 등 뒤에서 말소리가 들렸다.

"어? 저에게 무슨 볼일이라도 있으신가요?"

뒤돌아보자 조이가 서 있다. 성당 묘지에서 어머니 무덤에 꽃을 바치던 소년이다.

"또 보는군. 아까 전에는 다리를 다쳐서 병원에 간다고 하더니, 상태는 좀 어떤가 하고."

"네. 르동 선생님이 진찰해 주셔서 많이 좋아졌어요."

"그것참 다행이군. 르동은 명의니까 말이야. 그나저나 조이, 르네라는 소녀를 알고 있어?"

"르네는 오늘 낮에 처음 만난 사람이에요."

"그 여자아이에게…."

달리가 말을 이어가려던 순간 부엉이가 날아와 소년의 어깨에 내려앉았다.

"어서 와, 코로. 어디 갔다 온 거야?"

조이가 부엉이의 턱 밑을 쓰다듬었다.

"어라? 그 부엉이… 다리에 뭐가 있어."

"그러네요. 이게 뭐지?"

부엉이 다리에 묶여 있던 작은 종이를 펼치자 거기에는 〈구해줘〉라는 문자와 르네의 이름이 쓰여 있다. (오른쪽 페이지 참고)

"의식 중에 무슨 일이 있었던 걸까…."

"의식? 르네가 과거 순례 의식을?"

"아무튼 지금은 이 암호를 푸는 게 먼저예요."

【수수께끼를 풀어서 나타나는 숫자에 해당하는 단락으로】

help

me

RENE

p	i	e
h	o	j
a	m	l

4		
	5	7

- 빈칸에는 1~9 중 하나의 숫자를 넣는다.
- 가로, 세로, 대각선의 숫자를 합하면 모두 15가 된다.

달리와 조이는 그 자리를 벗어나 튀어나온 바위 뒤로 몸을 숨겼다. 철문이 열리고 안에서 힘 세 보이는 거대한 남자들이 우르르 몰려나왔다.

"정면으로 상대해서는 목숨이 백 개라도 살아 남기 어렵겠어요."

조이의 목소리가 떨렸다.

"조금 전에 대화하는 걸 듣다가 몇 가지 정보를 얻었다. 르네는 가장 안쪽의 감옥에 있어."

"구하러 가요!"

"침착해, 조이. 소굴의 구조만 알면 도적들이 있는 방을 피해서 갈 수 있을 것 같은데…."

【아래의 수수께끼를 풀어서 나타나는 숫자에 해당하는 단락으로】

도적들이 소굴 내의 방에서 잠복하고 있다.
도적들의 작전 회의 내용이 들렸다.

- 도적은 A~D까지 4명.
- 1~7번 방 중, 한 사람이 하나의 방을 담당한다.
- 1F와 2F은 각각 1명, 3F는 2명이 지킨다.
- 도적 A와 도적 B의 방은 직접 연결되어 있지 않다.
- 도적 B와 도적 C의 방은 직접 연결되어 있지 않다.
- 도적 B의 방 번호는 도적 C의 방 번호보다 크다.
- 도적 D의 방 번호는 홀수이다.
- 도적 D의 방 번호는 (도적 B의 방 번호+도적 C의 방 번호)보다 크다.

출입구에서 안전하게 감옥까지 갈 수 있는 길은?

	1F	2F	3F
통과해야 할 방 번호			

나는 조금 열려 있는 책상 서랍을 열었다.

"총이 없어…!"

서랍에 들어 있어야 할 권총이 사라졌다.

어쩐지 불길한 예감이 든다.

오늘 성당에서 있다는 특별 임무는 무엇이며, 대체 누가 명령했다는 말인가? 나를 대신해서 임무를 수행하러 간 파울은 무사한 것인가?

시계를 보니 이미 밤 11시를 넘기고 있었다.

나는 이러지도 저러지도 못하는 감정으로 어두운 달빛을 헤치며 마을로 달려 나갔다.

【단서 h에 '불길한 예감', 지시 번호 h에 23이라고 기입】

(349) ↫414

르네는 하릴없이 수리점에서 발길을 돌렸다.

"참 깐깐한 아저씨야. 그래도 차를 수리하지 않으면 할 수 있는 게 없는데…. 이 사람의 성격을 잘 알고 있는 사람이라도 있으면 좋을 텐데…."

(350)

오늘 아침 저쪽 섬에서 마을로 돌아온 르네는 조이와 별다른 말을 하지 않고 헤어졌다. 조이는 르네를 위로하려고 했지만, 무슨 말을 해야 할지 망설이는 듯했다.

르네도 그런 조이의 마음을 알고 있었지만 자신의 마음속에서 점점 번져가는 어두운 허무함을 방어하는 것만으로도 벅찼다.

◆ 조이를 만난다. → 56으로

(351) ↫240

카드리유는 르네를 발견하고는 곧장 달려와 감사 인사를 했다.

"네 덕분에 입대하기 전 마지막 밤을 둘이 함께 보낼 수 있었어. 고마워, 르네. 다음번 연인을 만날 수 있는 건 제대하는 2년 후이지만, 마지막 밤의 추억을 품고 기다리려고 해."

르네는 미소 지었지만 진심을 다해 다른 사람의 행복을 기뻐할 수 없게 된 자신이 싫었다.

마침 그때 저택에 짐이 도착했다. 짐을 수령한 카드리유는 오른손으로 펜을 쥐고 전표에 사인했다.

"**르**네!"

뭉크는 르네의 어깨를 흔들었다.

"실패한 모양이군. 그럼 너도 운석을 만져라."

르동은 뭉크를 향해 총부리를 겨누었다. 뭉크는 뒷걸음질 치며 운석에 다가갔다. 강한 자력이 뭉크를 자극했다.

그때. 뭉크의 눈앞에 투명한 톱니바퀴가 나타났다. 항상 겪는 발작이다.

목소리가 들린다.

"뭉크. 열어줘."

"으으⋯. 에드거야? 이건⋯, 과거인 건가?"

"틀렸어. 마음의 소리다. 뭉크. 작은 상자를 열어줘."

"자⋯, 작은 상자?"

"이 자식, 대체 뭐라고 중얼거리는 거야?"

르동이 말했다.

"부탁이야, 뭉크. 그 아이를 살려줘!"

에드거의 목소리가 머릿속에 울린다. 뭉크는 갑자기 괴성을 내지르며 르동을 향해 돌진했다.

르동은 방심한 탓에 쓰러지며 바닥에 머리를 세게 부딪혀 기절했다.

"지금이다. 뭉크. 그 아이의 허리 가방에 들어 있는 작은 상자를 열어줘!"

◆ 단서 o가 있는 경우 → 352 + 지시 번호 o

◆ 단서 o가 없는 경우 → 211로

보석을 제단에 끼우면 분명 르네의 의식이 돌아올 것이다. 뭉크는 제단으로 다가갔다. (오른쪽 페이지 참고)

"호우, 그것참 재미있군. 그 보석으로 어디 한번 그 아이를 불러 보시지. 지켜봐 주마."

르동은 뭉크에게 총을 겨눈 채 말했다.

【수수께끼를 풀어서 나타나는 숫자에 해당하는 단락으로】

손에 넣은 보석 조각을 서로 겹치지 않도록
올바른 위치에 끼워라.
돌판 구멍을 검게 칠하면 답이 나타난다.

노인은 저쪽 섬을 바라보며 말했다.

"잔잔한 것처럼 보여도 섬 주위로 흐르는 조류는 빠르지. 평범한 배로는 저쪽 섬으로 건너갈 수 없다네. 하지만, 나는 보았지."

"보았다고요? 무엇을 말입니까?"

"뭉크라는 청년이 유령선에 올라타 저 섬으로 건너가는 것을 말일세. 초승달이 뜨는 어두운 밤이었다네…. 뭉크는 그 이후로 행방불명되었어."

◆ 단서 P가 있는 경우 → 354 + 지시 번호 P
◆ 단서 Q가 있는 경우 → 354 + 지시 번호 Q

집 앞에서 조이가 엄마 프리다와 이야기하고 있다. 조이는 나를 발견하고는 폴짝 뛰어오르며 손을 흔들었다.

"어머니! 코로를 살려주신 뭉크 아저씨예요!"

"조이의 부엉이를 치료해 주셨다고 들었습니다. 고마워요, 뭉크 씨."

"아니야. 당연히 해야 할 일을 한 것뿐인데. 조이는 착한 아이구나. 어머니 말씀도 잘 들어야 한다."

"네. 저 어머니에게 하얀 꽃으로 화관을 만들어 줄 거예요."

조이는 그렇게 말하고는 강 쪽으로 달려갔다.

"조금 전부터 부엉이를 키우고 싶다고 떼를 써서…. 저 아이 친구가 별로 없어서 좋았나 봐요."

프리다는 옅은 미소를 지었다.

"그렇지, 뭉크 씨. 좋은 건 아니지만 이 피리 받아 주시겠어요? 제가 만든 부적 피리입니다. 새들을 부를 수 있는 소리가 날 거예요."

"고마워, 프리다. 저기…이다음에 나와… 그러니까…."

"…? 뭉크 씨 무슨 일 있으신가요?"

"아니, 아무것도 아니야! 멋진 피리군."

【단서 f에 '새피리', 지시 번호 f에 15라고 기입】

356 ↩303

"으…."

르네는 몽롱한 의식 속에서 자신의 상황을 파악하려고 노력했다. 어쩐지 차에 태워진 것 같다.

'어딘가로… 끌려가고 있어…. 흔적을 남겨야만 해….'

르네는 손을 뻗어 무언가를 거머쥐었다. 그리고 그것을 창밖으로 던졌다. 극심한 두통이 덮쳐오고, 르네의 의식은 또 한 번 어둠 속으로 가라앉았다.

◆ 눈을 뜬다. → 422로

357 ↩226

> 1949년 9월 15일
> 저쪽 섬에 오두막을 지었다. 여기를 거점으로 보석을 찾는다.

"이 오두막은 아버지가 지은 거구나."

르네는 천장을 바라보았다. 벽에 걸려 있던 코트도 아버지가 입던 것일까? 르네는 페이지를 넘겼다.

"어…?"

거기에 쓰여 있는 글자는 지금까지의 필적과는 전혀 달랐다. 르네는 불길한 예감이 들어 허리 가방 안에 있는 작은 상자를 만졌다. 하지만, 설명할 수 없는 불안감은 사라지지 않았다.

"누가 적은 일기일까…?"

르네는 1949년 12월 19일의 일기를 읽어 내려갔다.

◆ 제5장으로 → 165로

354
355
356
367
358

358 ↩272

생명의 위험을 무릅쓰면서까지 이 소녀를 구해야 할 필요가 있을까? 그런 생각이 든 달리는 아무런 말도 없이 그 자리를 떠나려고 했다.

"저는 르네를 구하러 갈 거예요."

조이가 말했다.

"도와주지 않을 건가요?"

"애석하게도 나는 그 소녀를 구해야 할 의무가 없어."

달리는 의식의 랜턴을 찾기를 포기했다. 그것은 보석 우포나티메를 포기한다는 뜻이기도 했다.

GAME OVER

(**359**) ↫ 343

집 앞 울타리에 슬퍼 보이는 표정의 소년이 기대 있다. 소년은 달리를 발견하고는 웃는 얼굴로 달려왔다.

"분명 다시 돌아올 줄 알고 기다렸어요! 이제 르네를 구하러 가요!"

◆ 데리고 간다. → 72로

◆ 두고 간다. → 112로

(**360**) ↫ 154

"이렇게 하면…."

나는 항아리를 들어 바둑판 모양의 돌판 위에 배치했다. 그러자 눈앞에 있는 문이 소리를 내며 움직이더니 어둠 속으로 이어지는 입구가 쩍하고 열렸다.

파울을 안으로 옮겨서 눕혔다. 출혈이 심하다.

"이 항아리를 치우면 문이 닫힐 거야…."

파울의 말대로 문 안쪽에 놓인 항아리를 들어 올리자 문이 다시 움직이더니 빈틈없이 단단히 닫혔다.

발소리가 다가오더니 문 반대쪽에서 멈췄다.

"유적 속으로 숨어들었구나…. 크크큭…."

남자의 목소리가 들렸다. 문이 가로막혀 있어 누구의 목소리인지 또렷하게 들리지 않는다.

"이렇게 출혈이 많아서야 살 수 없을 테지. 잘 가시게, 뭉크."

발소리가 멀어졌다.

◆ 파울에게 말을 건다. → 47로

(361) ↰ 394

"**그**럼 추천한 버번을 마셔볼까?"

마스터는 호박색 액체를 유리잔에 따르고는 유적 그림이 그려진 코스터 위에 올렸다.

"이 코스터는 기간 한정 버번을 주문한 손님에게 기념품으로 주고 있지."

(362) ↰ 141

> 1944년 8월 10일
>
> 간신히 마을에 당도해서 목숨을 건졌다. 하지만 나는 비행기 추락 시의 충격으로 모든 기억을 잃어버렸다.

> 1945년 2월 24일
>
> 르동이 치료해 준 덕분에 몸은 상당히 좋아졌다. 기억은 여전히 돌아오지 않았지만 고민만 하고 있다고 해서 별다른 도리는 없다.
> 나는 이 마을에서 새로운 인생을 시작하기로 마음먹었다.

"아버지는 추락 사고에서 살아남았어!"

"대단한 것 같아!"

"그나저나 기억을 잃어버린 채로 에스테르다에서 살고 있는 걸까…?"

◆ 이어서 읽는다. → 83으로

359
360
361
362

"당신에 대해서 알고 싶어 왔어요."

"재미있는 녀석이군. 애석하게도 나에 대한 것은 아무 것도 이야기해 줄 수 없다네. 단지 나는 너의 아버지가 아니라는 것만 알아둬."

그렇게 말한 뒤려는 큰 소리로 호탕하게 웃었다.

"이 메모에 적힌 번호로 금고가 열릴지도 모르겠군."

기대를 품고 다이얼을 돌린다. 번호가 일치하자 딸깍하는 소리가 금고에서 들렸다.

"열렸다!"

금고 안에는 편지지가 한 장 놓여 있고 보라색 펜으로 글자가 쓰여 있다.

의뢰받은 대로 보석 우포나티메를 훔쳤지만 그자의 진짜 목적을 확인해야겠다.
만약 나에게 무슨 일이 발생했을 때를 대비해서 이 기록을 남긴다.
이것이 그자의 은신처 번지다.

"순식간에 핵심을 꿰뚫은 것 같네요! 여기 〈그자〉라는 사람이 범인일까요?"

"어. 아무래도 그런 것 같다. 피해자는 〈그자〉에게 의뢰받고 전설의 보석 우포나티메를 훔쳤지. 하지만 넘겨줄 때 〈그자〉의 꿍꿍이를 확인하려다가 살해당한 모양이야. 그리고 보석 우포나티메는 지금 여기 〈그자〉가 갖고 있을 테고."

"〈그자〉의 진짜 목적이 뭘까요? 무서운 것이라고 쓰여 있긴 한데요."

"지금은 알 수 없지. 우선 여기에 적힌 수수께끼를 풀어서 범인의 은신처를 밝히는 게 먼저다." (오른쪽 페이지 참고)

【수수께끼를 풀어서 나타나는 숫자에 해당하는 단락으로】

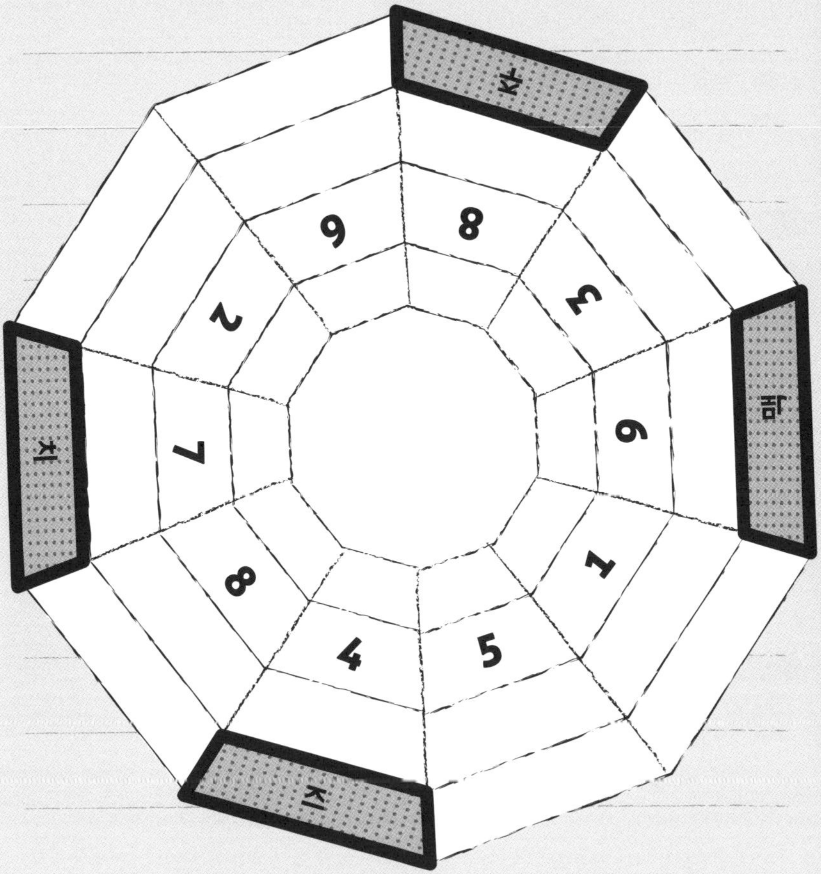

를 각각 계산해서 더해라

365

나는 남쪽 숲으로 갔다. 높이 피어난 흰 구름이 무성하게 우거진 푸른 숲을 뒤덮고 있다. 바람이 불지 않아 숲은 조금도 움직임이 없다.

숲 입구에 있는 나무 그루터기에 소년이 앉아 있다.

◆ 숲속 사당으로 간다. → 418로

◆ 소년에게 말을 건다. → 94로

366 ↩ 354

르네는 노인에게 보라색 깃털이 달린 모자를 쓴 남자를 보았는지 물었다.

“그래, 봤지. 상점가에서 봤다네. 얼굴은 잘 보지 못했지만 말이야. 물건을 떨어뜨리고 갔지.”

노인은 주머니에서 코스터를 꺼냈다.

“이걸 떨어뜨렸지. 주워서 되돌려주려 했는데 어디로 갔는지 놓치고 말았지 뭔가.”

코스터에는 유적의 그림이 그려져 있다.

【단서 S에 ‘코스터’, 지시 번호 S에 40이라고 기입】

367

숲속 나무들은 주변을 에워싼 바위에서 흘러넘칠 듯 우거져있다. 드문드문 보이는 바위 표면은 적갈색 지층이 선명한 그라데이션을 드러내고 지질에 포함된 광물로 인해 따스한 햇살을 반사하며 빛난다.

바위가 갈라진 틈에 있는 통나무 오두막 앞에서 흰 수염의 노인 푸생이 숲을 지키고 있다.

◆ 노인에게 말을 건다. → 5로

368 ↩ 354

“할아버지, 이 트렁크를 본 적 없으신가요?

노인은 눈꼬리가 처진 눈매로 트렁크를 보았다.

“애석하게도 처음 보는구먼.”

르네와 조이는 침실을 슬쩍 들여다보았다.

"역시 여기엔 없는 것 같아. 주점에 간 걸까?"

조이가 작은 목소리로 속삭였다.

침대는 몸만 빠져나간 상태로 있다. 그때 르네가 침대 옆 협탁에 올려진 노트를 발견했다.

"이거야!"

노트를 들고 펼친다. 행방불명자 리스트가 나타나고 마지막 페이지에는 이렇게 적혀 있었다.

> 달도 보이지 않는 어두운 밤
> 롱가롱고에 배가 도착한다
> 옛날 옛적의 사신이
> 저쪽 섬으로 데려간다

"옛날부터 롱가롱고 곶에서 유령선을 봤다는 목격담은 있었지만, 사실일까?"

조이는 고개를 갸웃거렸다. 르네는 창문을 통해 하늘을 올려보았다."

"달도 보이지 않는 어두운 밤…. 딱 오늘 같은 초승달이 뜨는 밤이야."

【단서 W에 '유령선', 지시 번호 W에 21 이라고 기입】

마을 남쪽에는 울창한 숲이 펼쳐져 있다. 숲은 산으로 둘러싸여 있으며 안으로 들어가려면 깎아지른 절벽 사이를 지나야만 한다.

르네는 숲 입구까지 걸어왔다. 근처에는 간소하게 지은 통나무 오두막이 있다.

◆ 통나무 오두막으로 간다. → 21로

◆ 숲으로 간다. → 171로

◆ 단서 E가 있는 경우 → 370 + 지시 번호 E

나는 인부 중 한 사람에게 말을 걸었다.

"여기는 도서관이 들어설 거야. 새해가 되자마자 개관할 예정이지."

도서관을 건설하고 있다는 사실은 알고 있었지만 장소는 알지 못했다.

"꽤 좋은 곳이잖아. 기대되는군."

파울과 나는 광장으로 돌아가 르동에게 조사 결과를 보고했다.

"두 사람 모두 수고 많았어. 오늘 임무는 이것으로 종료야. 다른 단원도 슬슬 돌아올 거야."

"어? 그리고 보니 로트렉 촌장님은?"

파울이 물었다.

"그게 말이야. 조금 전에 저택에서 괴도 달리의 예고장이 발견된 것 같아⋯."

"괴도 달리의 예고장?"

"응. 혹시 시간 있으면 저택에도 잠시 살피러 가줘. 촌장님도 불안해할 테고 말이야."

"알았어."

나와 파울은 르동에게 인사한 후 광장을 빠져나왔다. 서쪽 하늘이 노을에 빨갛게 물들었다.

"괴도 달리의 예고장이라⋯. 요즘 출몰하는 빈도가 잦아진 것 같군."

파울은 미간을 찌푸리며 말했다.

"뭉크, 오늘 볼일 남았어? 같이 한잔하는 게 어때?"

◆ 그거 좋군. → 434로

◆ 오늘은 조금. → 229로

373

달리는 숲으로 들어가는 입구를 찾아갔다. 숲을 지키는 노인 푸생이 통나무 오두막 앞의 나무 그루터기에 걸터앉아 하품을 하고 있다.

◆ 노인에게 말을 건다. → 10으로

◆ 단서 J가 있는 경우 → 373 + 지시 번호 J

374 ↩39

"왜 너에게 아이스크림을 사줘야 하는 거지?"
"흥! 딱히 아이스크림을 먹고 싶은 건 아니에요!"
르네는 얼굴이 빨갛게 달아오른 채 가버렸다.

375

르네는 깜깜한 남쪽 숲속을 빤히 보고 있다. 검은 숲이 넓어지며 자신을 삼킬 것만 같다. 르네 마음속에 있는 구멍도 똑같나. 텅 빈 구멍이 점점 커지는 것만 같다. 르네는 허리 가방 안에 있는 작은 상자를 만졌다. 그러면 커지는 구멍이 멈추는 것 같은 기분이 든다.

376 ↩343

"아저씨, 빨리 르네를 구하러 가요. 저 아무것도 잊어버린 게 없어요!"
소이는 발을 동동 굴렀다.

377 ↩152

"암호 숫자가 뭔가요?"
"뒤러는 똑똑한 사람만 만날 수 있어. 만약 그를 만나고 싶다면 시험을 쳐야 할 거야."

◆ 시험을 치른다. → 32로

◆ 포기한다. → 78로

370
371
372
373
374
375
376
377

(**378**) ↩ 264 · 328

"**미**안하지만 성가시기만 할 뿐이야."

"뭐라고요! 왜 그런 말을 하는 거예요! 나는 트렁크를 가진 남자의 특징을 기억하고 있었어요. 도움이 되었잖아요!"

"시… 시끄러워…."

◆ 알겠다고. → 307로

◆ 안 된다면 안 돼! → 264로

(**379**) ↩ 237 · 417

"**초**면에 이런 걸 물어봐서 이상할지도 모르겠지만 어떤 일로 그렇게 고민하고 있는 거야?"

"내일 아침 일찍 옆 도시에 살고 있는 연인이 군대에 입대하게 됐어. 지금 이 마을을 출발하면 밤중에는 연인을 만날 수 있겠지만…. 오늘은 과거 순례 축젯날이라서 내가 의식을 치러야 하거든. 누군가 나 대신 의식을 치러주면 좋겠는데 말이야…."

◆ 대신 치른다. → 201로

(**380**)

르네는 힘없이 터벅터벅 걷다 보니 어느샌가 남쪽 숲 입구까지 와 있었다. 흰 수염의 푸생이 오늘도 숲을 지키고 있다.

"이 사람도 우리 아버지를 알고 있겠구나…."

◆ 아버지에 대해서 물어본다.

  → 256으로

◆ 푸생에게 코인을 던진다. → 6으로

381 ⮌ 202 · 411

"재미있군. 내기하지!"

나는 코레조의 내기에 동참했다.

"너희들 무슨 일이든 내기를 거는구나. 나도 끼워 주라고."

파울이 말했다.

"좋아. 그럼 뭉크. 쉽다와 어렵다, 어느 쪽에 걸 테냐!"

"코인으로 결정하겠다. 앞면이 나오면 쉽다, 뒷면이 나오면 어렵다 쪽에 걸지."

【실제로 코인을 던져서 다음 선택지를 선택할 것】

◆ 앞면(초상화가 있는 쪽)이 나왔다. → 1로

◆ 뒷면이 나왔다. → 174로

382 ⮌ 320

르네는 마침 예배를 마친 젊은 남자에게 말을 걸었다.

"흠, 아버지를 찾기 위한 여행이라니 아직 어려 보이는데 고생하는군. 이 마을은 엄청 평화로운 곳이니까 여유롭게 즐기다 가면 돼. 요즘 몇 해 동안은 특별한 범죄도 일어난 적이 없기도 하고. 그리고 오늘은 1년에 한 번 있는 과거 순례 축젯날이기도 하니 하루카인 광장에 가보면 좋을 거야. 600년 넘게 이어온 마을의 전통이니까."

문득 남자의 가슴을 보니 〈D〉라는 글자가 새겨진 배지가 빛나고 있다.

◆ 단서 C가 있는 경우 → 382 + 지시 번호 C

383 ⮌ 212

"조이, 상대방은 혼자야?"

"응. 그런 것 같아."

"우리는 두 명이야. 추격자를 잡으러 가자!"

"무… 무슨 소리를 하는 거야! 상대방은 총을 가지고 있다고! 지금은 우선 도망쳐야 해!"

말리는 조이를 뿌리치고 르네는 일어섰다. 그리고는 수풀 속에서 습격한 사람의 동태를 살핀다.

바로 그때, 르네 근처에서 총성이 울렸다. 옆구리를 도려낸 듯한 감각이 르네를

378
379
380
381
382
383

덮치며 몸이 그대로 뒤로 나자빠졌다.

"르네!"

조이가 르네에게 바짝 다가갔다. 하지만, 그곳에는 공허한 표정으로 숲을 바라보는 르네가 쓰러져 있었다.

GAME OVER

(384) ↻ 75

수화기나 다이얼에 흔적이 남아있지 않은 지 조사한다. 전화 뒤쪽도 살펴보았지만 사건과 관련 있어 보이는 것은 발견되지 않았다.

"아무것도 없어요."

르네는 한숨을 내쉬었다.

"후후, 그렇게 매번 일희일비하면 금방 지치고 말아."

(385) ↻ 352

르네의 허리 가방을 뒤지자 하늘색 포장지에 싸인 작은 상자가 있다. 하얀 꽃을 엮은 끈이 묶여 있다.

"이건가?"

"그래. 내가 남긴 상자다."

포장지 속에는 르네가 항상 지니던 열리지 않는 작은 상자가 들어 있다.

"뭉크 그것을 열어줘. 너라면 할 수 있어…."

"어떻게 하는 거야!"

"새가 꿈꾸는 풍경을 이어보도록…."

【수수께끼를 풀어서 마지막에 나타난 단어를 특설 웹사이트에 입력하라.】

(386) ↻ 210

"무슨 볼일이라도 있나?"

르네가 말을 걸자 수염이 덥수룩한 남자가 자못 귀찮다는 듯이 말했다.

"저, 사실은 제가 아버지를 찾기 위해 여행을 하고 있어요."

"그렇구만. 미안하게도 나는 딸이 없는데."

"아, 결혼하셨군요. 아내는요?"

"글쎄, 성당이라도 간 게 아닐까? 잘 모르겠구만 그래."

387 ↶ 132

르네는 차에 올라탄 후 시동을 걸었다. 자동차는 완벽히 수리되어 있다. 르네는 시동을 걸어둔 채 높은 곳으로 올랐다.

에스테르다 마을이 보인다. 바다에는 저쪽 섬이 보인다.

엊그제 아침 이곳에서 마을을 보았을 때와 달라진 것 없는 풍경. 르네의 마음 속에 뚫린 구멍은 메워지지 않고 있었다.

르네와 불가사의한 상자 끝

388 ↶ 233

달리는 저택의 뒤편으로 돌아가 지하실로 내려가는 입구를 조사했다.

문에는 튼튼한 자물쇠가 걸려 있다.

"이제 더 이상 옛날 같은 방법은 통하지 않겠지? 그렇다면 이 집 사람들에게서 열쇠를 훔칠 수밖에 없겠군. 촌장이나 그의 여식 카드리유…."

【단서 H에 '도둑질', 지시 번호 H에 26이라고 기입】

◆ 단서 I가 있는 경우 → 388 + 지시 번호 I

389 ↶ 173

머리를 숙인 순간 달리는 카드리유의 가방에 손을 뻗었다. 그때, 그 손을 누군가 낚아챘다. 달리는 깜짝 놀라 얼굴을 들었다. 무서운 표정을 한 역무원이 예리한 눈빛으로 달리를 뚫어지게 보고 있다.

"아가씨, 이 남자를 아시나요?"

"아, 아니요."

"그렇군요. 그럼 잠시 역장실로 같이 가주셔야겠습니다."

카드리유는 역무원에게 인사를 하고 개찰구로 들어가 열차에 올라탔다.

GAME OVER

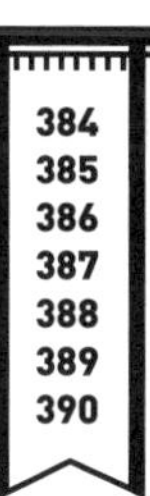

390 ↶ 280

르네는 오두막 문을 열려고 했다.

"어? …열리지 않아."

문은 잠긴 것 같았다. 자세히 보니 문손잡이 아래에 작은 열쇠 구멍이 있다.

◆ 단서 Y가 있는 경우 → 390 + 지시 번호 Y

마을은 정적에 휩싸였다. 시간은 오후 11시 반을 갓 넘겼다.

"조이, 저쪽 섬으로는 어떻게 가는 거야? 바다는 조류가 거세서 보통 배로는 건널 수 없는 거 아니었어?"

"그 방법을 찾을 거야. 르네, 범인 은신처에서 행방불명자 리스트를 봤지? 파울 씨에게 들었어."

"응."

"혹시 그 사람이 행방불명에 가담한 범인이고 소문대로 사람들을 저쪽 섬으로 데려간 거라면?"

"그렇지, 범인은 저쪽 섬으로 가는 방법을 알고 있을 거야!"

"바로 그거야. 그 은신처에 다른 단서가 남아있을지도 모르잖아? 한번 가보자!"

◆ 범인의 은신처로 간다. → **62로**

"몸을 숨길 수 있는 곳…. 아르카향 유적이야!"

조이가 고개를 끄덕이자 르네는 몸을 일으켰다. 나무 사이에 몸을 숨기며 유적을 향해 달린다. 두 사람의 뒤를 20미터 정도 떨어져 추격자가 쫓아 온다. 추격자는 이따금 총을 쏘았지만 우거진 나무가 두 사람을 지켜주었다.

야트막한 산을 올라 유적에 도착했다. 입구는 열려 있지만 안으로 이어진 문은 잠겨 있다.

등 뒤에 있는 수풀이 바스락바스락 흔들렸다. 추격자가 다가오고 있었다.

문을 열려면 표면에 새겨진 수수께끼를 풀어야만 하는 것 같다. (오른쪽 그림 참고)

"이 돌판을 사용하나 봐…."

【책 뒤에서 부록 ④ '돌판'을 자른다.】

【수수께끼를 풀어서 나타나는 숫자에 해당하는 단락으로】

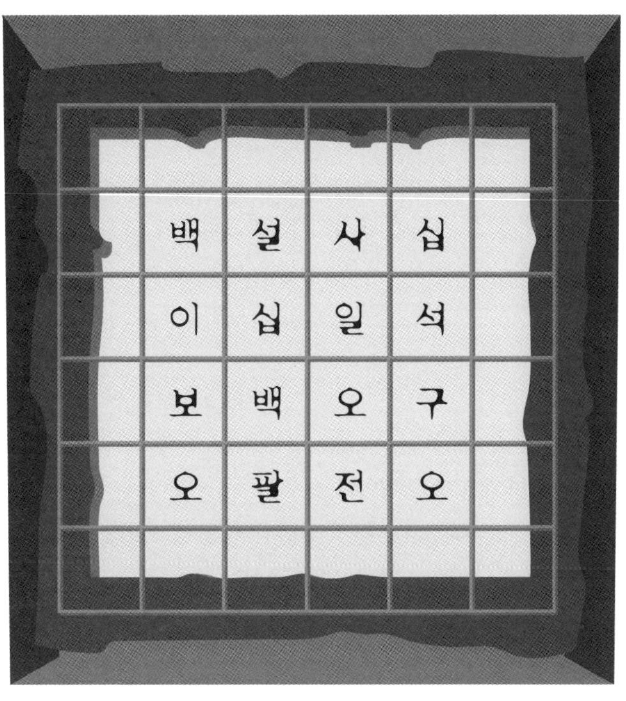

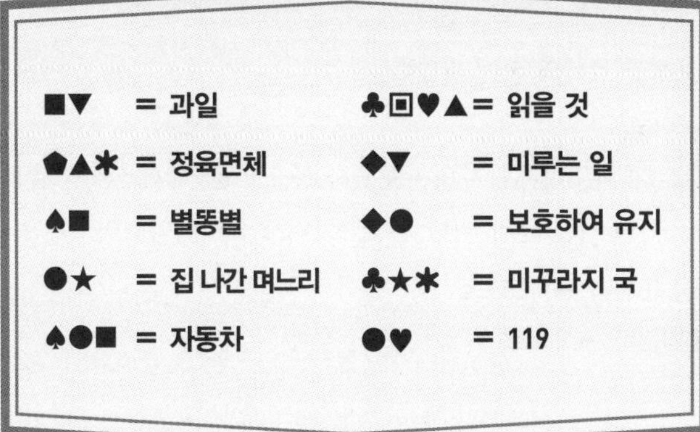

돌판을 틀에 맞추고 거북이에게 ●▲◆■ 이(가) 나타날 때,
문어와 고래의 합계는?

393 ↩171

"**네**. 오늘 이 마을에 왔어요."

"음, 그렇구나. 그렇다면 미리 일러주겠는데, 이 숲에는 들어가면 안 된단다. 이 숲에 함부로 들어가면 행방불명의 사신을 만날지도 모르거든."

"행방불명의 사신이요?"

"그래 이 땅에 살던 선조들이 섬기던 사신이지. 게다가 오늘은 과거 순례 축젯날이라서 말이야. 해가 질 무렵에 촌장의 딸 카드리유가 이 숲에 있는 사당에서 의식을 치를 예정이지. 카드리유 이외의 사람은 이 숲에 들어갈 수 없어."

394 ↩123

"**부**자 되겠군, 이니이시."

달리는 주점 마스터에게 말을 걸었다.

"그쪽도 한잔하는 게 어때? 기간 한정 버번이 추천 메뉴인데 말야."

◆ 한 잔 마실까? → 361로

◆ 커피가 있을까? → 277로

395 ↩283

"**뭉**크는 보석을 르네의 손에 쥐였다.

"르네! 눈을 떠!"

하지만 르네에게 목소리가 닿지 않는 듯했다. 뭉크의 뒷통수에 르동이 총을 겨누었다.

"그럼 뭉크. 아니 괴도 달리. 이번에야말로 너도 죽어줘야겠어."

◆ 운석을 만진다. → 420으로

◆ 총에 맞는다. → 294로

396 ↩326

"**이** 숫자에 무슨 의미가 담겨 있는 걸까? 물품보관소…? 이건 보관소 등록 번호인가?"

【단서 O에 '보관 번호', 지시 번호 O에 21 이라고 기입】

(397) ↩ 101

조이, 좋은 카메라 갖고 있구나."

"아, 이거요? 지난달 광장에서 열린 벼룩시장에서 발견했어요. 낡긴 했지만 사진도 잘 찍힌다고요. 며칠 전에는 터널에서 나오는 열차 사진도 찍었어요. 혹시 괜찮으시면 제가 찍은 사진 보실래요?"

◆ 지금은 여유가 없어. → 52로

◆ 꼭 보고 싶군. → 61로

(398) ↩ 20·241

바위산을 올라 산 정상에 있는 아르카향 유적에 도착했다. 나는 파울의 이름을 외쳤지만 목소리는 공허하게 유적에 부딪힐 뿐이었다.

"여기가 아닌 건가…."

◆ 오두막으로 향한다. → 261로

◆ 섬 안을 찾아본다. → 241로

(399) ↩ 388

달리는 카드리유에게서 훔친 열쇠로 튼튼한 자물쇠를 열고 보물 창고로 침입했다. 이 보물 창고에 보석 우포나티메에 관한 단서가 있을 것이다.

보물 창고는 자은 채광창이 단 두 개뿐이라 어두우며 곰팡이 냄새가 밴 공기가 가득 차 있다. 흉상이나 동물 박제, 항아리나 도자기 등이 어지럽게 놓여 있으며 벽에는 그림과 장식품 선반, 무기, 태피스트리 등이 빼곡하게 걸려 있다.

달리는 창고 한구석에 있는 낡은 의류 상자와 회중시계 모양의 코담배 케이스에 시선이 멈췄다.

◆ 낡은 의류 상자를 살펴본다. → 279로

(400)

르네와 조이는 숲을 빠져나가 아르카향 유적에서 보인 지점으로 향했다.

랜턴을 들어 올리자 나무 사이로 빨간 물체가 옆으로 누워 있는 것이 보였다.

"저거야!"

덤불을 헤치고 가까이 다가간다.

그것은 비행기 잔해였다. 기체의 파편이 주변에 흩어져 있다.

"이거… 르네 아버지가 탔던 비행기야?"

"잘 모르겠어…."

◆ 조종석을 살펴본다. → 53으로

◆ 주변을 살펴본다. → 212로

(401) ⟲ 322

카드리유는 열차로 뛰어올랐다.

달리는 그녀의 뒤를 쫓아 개찰구를 통과했다.

열차가 출발한다는 벨이 울리고 역무원의 안내 방송이 역 내에 울려 퍼졌다.

"이 열차는 오모로 방면 특급 열차, 막차입니다. 이 역을 출발하면 에스테르다로 돌아오는 열차가 없으니 주의 바랍니다."

이리하여 괴도 달리는 카드리유에게서 열쇠를 훔치기 위해 다음 날 아침까지 열차에 몸을 싣고 정처 없이 떠돌아야 했다.

GAME OVER

(402) ⟲ 382

르네는 뒤러의 〈시험용지〉를 남자에게 보여주었다.

"이야, 너였구나. 뒤러의 시험을 치르고 있다는 여자아이가. 이거 받아."

남자는 주머니에서 종잇조각을 꺼내 르네에게 건넸다. (오른쪽 페이지 참고)

【책 뒤에서 부록 ② '코인'을 자른다.】

S에서 시작해서 S로 돌아오며 지나치지 않은 글자를 왼쪽에서부터 읽어라.

- 코인으로 ◙을 만든 후에 시작한다.
- 미로는 직진 혹은 오른쪽으로만 갈 수 있다.
- ◆를 통과한 순간 코인은 반시계 방향으로 90도 회전한다.
- 하나의 ◆의 효과는 한 번만 유효하다.
  (같은 ◆를 여러 번 통과해도 2번째부터는 코인이 회전하지 않는다.)

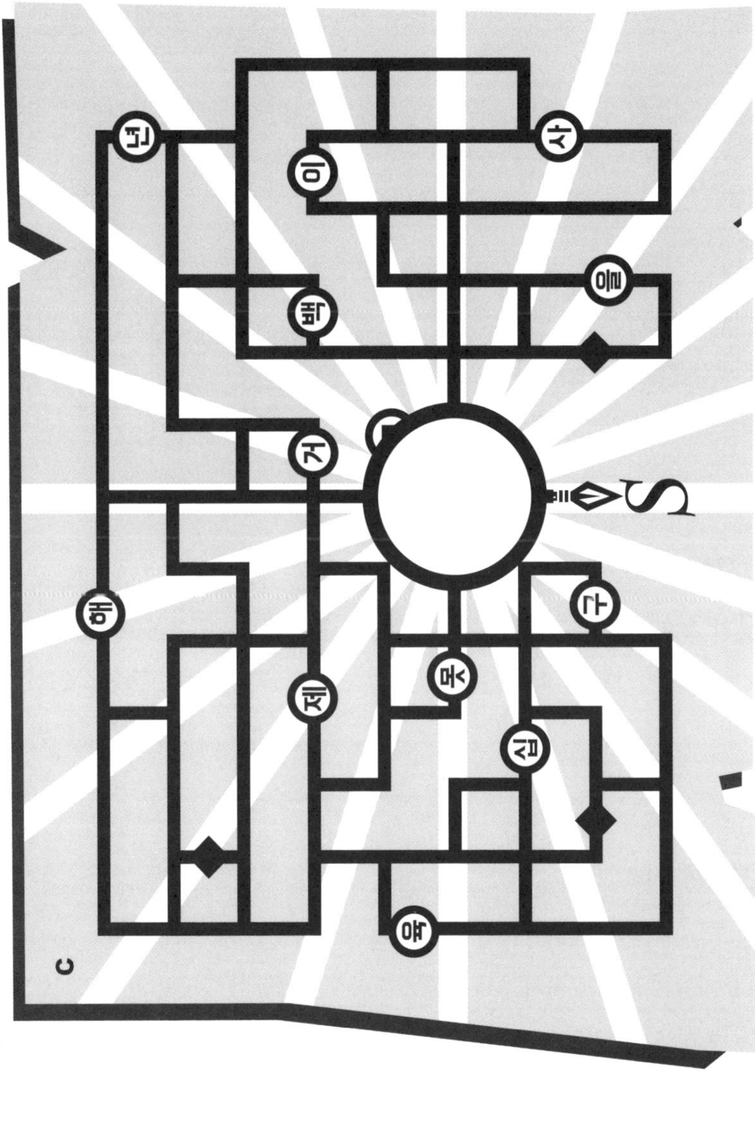

403 ↩97

"**큰**일이네. 쌍안경은 며칠 전에 망가져서 초점이 맞지 않아."

"이런이런, 뭉크. 제때 수리해 둬야지."

404 ↩30

르네는 커다란 비엔나소시지를 한입 가득 씹고 있는 뚱뚱한 남자에게 말을 걸었다.

"오늘은 1년에 한 번 있는 〈과거 순례 축제〉 날이야. 축제는 밤 10시에 정확히 끝나. 그 후에는 다들 집으로 돌아가 잠에 빠져들지. 그러면 반드시 옛꿈을 꿀 수 있거든."

"옛꿈이요?"

"꿈속에서 과거에 죽은 사람이나 헤어진 사람을 만날 수 있단다. 멋진 날이지?"

남자는 비엔나소시지를 맛있다는 듯 먹어 치웠다. 남자의 가슴에는 〈D〉라는 글자가 새겨진 배지가 달려 있다.

◆ 단서 C가 있는 경우 → 404 + 지시 번호 C

405 ↩338

묘지 쪽으로 돌아 들어갔다. 수없이 늘어선 비석의 실루엣이 어둠 속에서 희미하게 보인다. 사람의 그림자는 보이지 않는다. 파울이 있었던 흔적도 찾아볼 수 없었다.

406 ↩336

르네는 숫자를 도출한 뒤 손잡이에 달린 자물쇠를 열었다. 조이가 손잡이를 당기자 바닥의 일부가 빠지면서 지하로 내려가는 계단이 나타났다.

◆ 지하로 내려간다. → 124로

(407) ↩370

어스름한 밤이 가까워졌다. 르네는 카드리유에게 받은 로브를 뒤집어쓰고 의식의 랜턴을 한 손에 든 채 통나무 오두막집 문을 두드렸다. 숲을 지키고 있는 노인이 르네를 발견하고는 머리를 숙였다.

"카드리유 씨, 고생이 많구만. 의식의 랜턴은 가지고 왔는가?"

르네는 랜턴을 노인에게 보여주었다.

"흠, 그리고 혹시 모르니 숲에서 헤맸을 때를 대비해서 부엉이의 피리가 있으면 안심할 수 있겠는데. 카드리유 씨가 숲에서 헤매는 일 따위는 없겠지만 말일세. 그럼 지난날들이 이 아가씨의 앞길을 밝혀주기를⋯."

노인은 모자를 벗어들고 르네에게 인사했다.

◆ 숲으로 들어간다. → 82로

(408) ↩275

마지막 장 : 소녀는 옛꿈을 꾼다 | 3일 차 동트기 전

르네는 일기의 마지막 페이지를 읽었다.

> 너의 시신은 오두막 뒤쪽에 묻으마.
> 안녕, 에드거.
>
> 영원한 친구 알프레드 뭉크

르네는 이 마을로 온 날 저녁에 괴도 달리에게 받은 메모를 꺼냈다. 거기에 적힌 글자와 일기의 필적이 같았다.

"우리가 만난 괴도 달리와 탐정 파울 모두 행방불명되었다던 뭉크 씨였구나! 뭉크 씨는 정체를 들키지 않으려고 계속 파울 씨로 변장했던 거고. 호수에서 발견된 시체는 가짜 괴도 달리⋯."

조이가 말했다. 르네는 계단을 뛰어올라 오두막을 벗어났다. 덤불을 헤치고 뒤쪽으로 돌아 들어가자 흰색으로 칠해진 나무판이 십자로 엮여 지면에 꽂혀 있다.

"《나의 친구 에드거 여기에 잠든다. 나는 너의 의지를 이어 가겠다.》⋯. 이게 우리 아버지의 무덤⋯."

"르네⋯, 울고 있는 거야?"

뒤따라서 밖으로 나온 조이가 등 뒤에서 말했다. 르네의 어깨가 가늘게 떨리고 있었다.

"일반적인 상황이라면 눈물이 나오는 거겠지? 그런데 아무런 생각도 들지 않아."

"…아무런 생각도 들지 않아?"

"응. 아버지가 살아남았다는 것을 알았고 아버지가 살해당했다는 것도 알았는데 이 무덤을 봐도 아무런 생각도 들지 않아. 아버지를 살해한 사람이 밉다는 생각조차 들지 않아. 나와는 상관없는 곳에서 일어난 그저 옛날 이야기…."

르네는 뒤를 돌았다.

르네의 표정은 얼어붙어 있고 눈물 한 방울 흐르지 않는다.

"조이의 어머니는 하얀색 꽃을 좋아하셨지. 조이는 호숫가에서 어머니에게 흰 꽃으로 화관을 만들어 드렸어. 하지만…, 나는 아버지와의 추억이 하나도 없어. 내게 남아 있는 건 항상 꿈에서 보이는 아무런 감정도 없는 기억뿐인걸. 모든 사실을 알게 되고 나는 그 허무함을 느꼈을 뿐이야. 내 마음 깊이 있는 작은 구멍은 허무함이었던 거네."

르네는 허리 가방에서 아버지가 남겨준 작은 상자를 꺼내 무덤 앞에 조용히 내려놓았다.

"이제 아버지를 찾는 여행은 끝이야."

르네는 동이 트고 있는 마을로 돌아갔다.

【마지막 장에서 마을을 탐색하려면 지도에 적힌 각 번지에 10을 더할 것. 예를 들어 지도상에 100번지인 장소로 가고 싶은 경우, 110번 단락으로 이동한다. 단, 직접 기입한 번지로는 갈 수 없다.】

맞아요. 제가 알고 싶은 건 아버지의 행방이에요."

"그럴 줄 알았지. 하지만 아무리 모든 걸 알고 있는 나라도, 이 마을에 온 지 얼마 안 된 여자아이의 아버지에 관한 정보는 갖고 있지 않아."

"어처구니가 없군요. 그런 시험을 내서 사람을 마을 곳곳 누비게 만들어 놓더니."

"이야기를 끝까지 들어. 네 아버지는 10년 전에 정찰기를 타고 나간 이후로 행방이 묘연해졌지? 정확히 10년 전, 저쪽 섬에 무언가 떨어졌다는 이야기를 들은 적이 있다."

"무언가 떨어졌다니…."

"심지어 그 장면을 목격한 사람은 이 마을에 한 사람밖에 없어. 촌장의 딸인 카드리유다. 그나저나 네 허리춤에 맨 가방에 들어 있는 소중한 물건이란 게 뭐지?"

"어, 어째서 알고 있는 거죠?"

"하하하, 그 정도는 네 거동을 보면 금방 알 수 있어. 뭐, 대답하지 않아도 돼. 조심하도록."

남자는 다시 술잔을 입으로 가져갔다.

【단서 D에 '촌장의 딸', 지시 번호 D에 7이라고 기입】

르네는 수상한 기척에 온 신경을 집중한 채 재빠른 걸음으로 숲속을 헤쳐 나갔다. 이미 사당에 도착해도 좋을 만큼 시간이 흘렀다. 하지만 아무리 걸어도 사당은 보이지 않는다. 그뿐만 아니라 어째선지 같은 곳을 빙글빙글 돌고 있는 듯한 기분이 든다.

주변은 꽤 어두워졌다. 초조해진 르네의 뇌리에 숲을 지키는 노인이 한 말이 스쳐 지났다.

"이 숲에 함부로 들어가면 행방불명의 사신을 만날지도 모르거든."

보이지 않는 존재가 르네를 지켜보고 있다.

◆ 단서 G가 없는 경우 → 166으로

◆ 단서 G가 있는 경우 → 410 + 지시 번호 G

411 ↶ 202

"**관**둬. 오늘은 왠지 그럴 기분이 아니군."
"어이어이! 어째서 그런 답답한 소리를 하는가! 쫄았는가?"
"쫄았다고? 좋다. 그렇게 말하니 한 번 해보지!"
나는 쫄았다는 말을 듣는 것이 세상에서 가장 싫었다.

◆ 내기한다. → 381로

412 ↶ 373

달리는 노인에게 〈비밀스러운 일족〉에 대해 알고 있는 것이 없는지 물었다.
"그래, 셀린느라는 당주에 대해서라면 조금 알고 있다네. 〈셀린느〉라는 이름은 〈Celine〉라고 쓰는데 말일세, 초상화에는 반드시 그녀를 상징하는 창 문장이 함께 그려져 있다네. 셀린느는 지혜를 가진 자로 유명하지. **그녀**는 **23세일 때 당주**가 되었어."

413 ↶ 325

르네와 조이는 성당 뒤쪽에 있는 묘지로 갔다.
"밤 묘지는 왠지 으스스한 기분이 들어."
"르네, 우리 엄마도 여기에 있어. 그런 말 하지 마."

414 ↶ 210

"**저**기, 차가 고장 나서 잠깐만 봐주셨으면 좋겠어요."
말을 걸자 남자는 고개를 들었다. 그리고는 잔뜩 찡그린 얼굴로 머리끝부터 발끝까지 르네를 훑어보았다.
"너 이 마을 사람 아니잖아. 돈은 있어?"
"네. 실은 이 나랏돈은 아니지만요."
"오늘은 아무래도 그럴 기분이 아니란 말이지."
남자는 그렇게 내뱉고는 자전거 수리를 이어갔다.

◆ 부탁한다. → 334로
◆ 포기한다. → 349로
◆ 단서 A가 있는 경우 → 414 + 지시 번호 A

(415) ↵ 213

"어서 오세요. 수리할 물건이라도 있으신가요?"

"아니요. 딱히 볼 일이 있어 온 건 아닙니다."

"그렇군요. 그럼 남편의 지인인가요? 코레조는 지금 곳에 나가 있어요. 곧 있으면 아기도 태어나는데 일도 다 내팽개치고 뭘 하는 걸까요? 그 사람도 참!"

코레조의 아내는 부푼 배를 어루만졌다.

(416) ↵ 247

남자의 주의를 끌 만한 방법이 없다. 아무튼 있는 힘껏 이 자리를 떠나는 수밖에. 나는 파울을 어깨에 부축해서 일어섰다.

하지만 남자는 이미 우리 눈앞에 있다. 나는 그 남자의 얼굴을 봤다.

총소리가 울리고 내 의식은 여기서 끊어졌다.

GAME OVER

(417) ↵ 237

"당신이 10년 전에 본 것에 대해 물어보려고 왔어."

"10년 전? 하아⋯. 미안하지만 지금은 지금 일을 생각하기만도 벅차."

카드리유는 한숨을 내쉬며 강아지를 쓰다듬었다.

◆ **고민을 듣는다. → 379로**

(418) ↵ 365

나는 숲속으로 발걸음을 옮겨 사당으로 향했다. 1년에 한 번 열리는 과거 순례 축제에서는 젊은 여자가 이 사당에서 의식을 치른다. 폴록은 선조들의 제물 의식이 전해진 것으로 추측된다고 말했다.

◆ **단서 b가 있는 경우 → 418 + 지시 번호 b**

(419) ↵ 10

숲으로 들어서려는 달리를 노인이 막아섰다.

"예끼. 촌장의 여식인 카드리유 씨가 의식을 마칠 때까지 숲에는 아무도 들어갈 수 없네."

이런 남자의 손에 죽을 바에야. 뭉크는 운석을 만졌다. 의식이 멀어져간다.

어두운 숲속. 멀리 무언가 보인다. 뭉크는 그곳으로 다가갔다. 그것은 비행기의 잔해였다.

파울이 서 있다. 남자가 파울에게 총을 겨누었다.

모든 것이 슬로모션처럼 천천히 움직인다.

"하지 마!"

뭉크가 소리치려고 했다. 하지만 목소리가 나오지 않는다.

총성이 느리게 울려 퍼진다. 그리고 탄환이 천천히 날아가 파울의 가슴을 관통했다. 그 광경이 조금씩 어둠에 가려지면서 뭉크는 괴로운 표정으로 숨을 거두었다.

GAME OVER

"나는 이 창문을 통과할 수 없어. 하지만 그 아이라면…."

르네는 허리 가방에서 피리를 꺼냈다. 이 피리를 불면 부엉이를 부를 수 있을 터였다. 만약 이 장소를 조이에게 알린다면 구하러 와줄지도 모른다.

"생각해 내야 해. 여기까지 끌려오면서 지난 길을… 그러면…."

◆ 떠올린다. → 249로

볼에 차가운 돌이 닿았을 때 르네는 눈을 떴다. 벽에 손을 짚고 비틀비틀 일어선다.

작은 창과 철문만 있는 좁고 어두운 방이다.

"어디지…?"

갑자기 철문이 열렸다. 문 앞에는 몸집이 큰 남자가 서 있다. 그때 숲에서 본 털이 덥수룩한 팔이다.

"어라? 너 카드리유가 아니었어?"

몸집이 큰 남자는 머리를 벅벅 긁으며 말했다.

"그 시간에 사당에 있을 사람은 카드리유밖에 없을 거라고 생각했는데…. 몸값이 떨어지겠는걸."

"저는 오늘 이 마을에 온 데다 아는 사람도 없어요. 제 몸값을 내줄 사람은 아무도 없을 거예요."

"흐음, 그 작은 상자 안에는 무엇이 들어 있지? 허리 가방에 들어있는 그 작은 상자 말이야."

르네는 무의식적으로 허리에 맨 가방 안에 든 작은 상자를 만지고 있었다. 저도 모르게 손이 들어가고 마는 것이다.

"소중한 물건인 모양인데 돈이라도 들어 있는 거 아니야?"

"…잘 몰라요."

"모른다니?"

"아버지가 남겨주신 물건이에요. 그런데 여는 방법을 몰라서…."

"그렇구만. 어째선지 측은한 기분이 드는 것 같군. 이 아이를 어떻게 할지는 오늘 밤 천천히 생각해 보도록 하지."

몸집이 큰 남자는 엉덩이를 벅벅 긁으며 철문을 닫았다.

"잠깐만요!"

르네는 급히 다가가 철문을 두드렸다. 하지만 아무런 대답도 돌아오지 않았고 철문은 꿈쩍도 하지 않았다.

"어떤 방법을 쓰든 여기에서 나가야 해."

◆ 방 안에 도망칠 곳이 없는지 찾는다. → 36으로

◆ 문을 두드린다. → 172로

423 ↺ 205

"**아**그렇지, 얼마 전에 쌍안경을 망가트렸어. 혹시 고칠 수 있을까?"

나는 가방에서 초점 조정 장치가 망가진 쌍안경을 꺼냈다.

"이 정도라면 나도 고칠 수 있어요. 잠깐만 기다리세요."

그녀는 익숙한 손놀림으로 쌍안경을 분해하더니 부품을 하나, 둘 교환하고는 눈 깜짝할 사이에 수리를 마쳤다.

【단서 c에 '쌍안경', 지시 번호 c에 9라고 기입】

르네는 주점에서 받은 〈시험용지〉를 뚱뚱한 남자에게 보여주었다. 남자는 아무런 말도 없이 한 장의 종이를 르네에게 건넸다. (오른쪽 그림 참고)

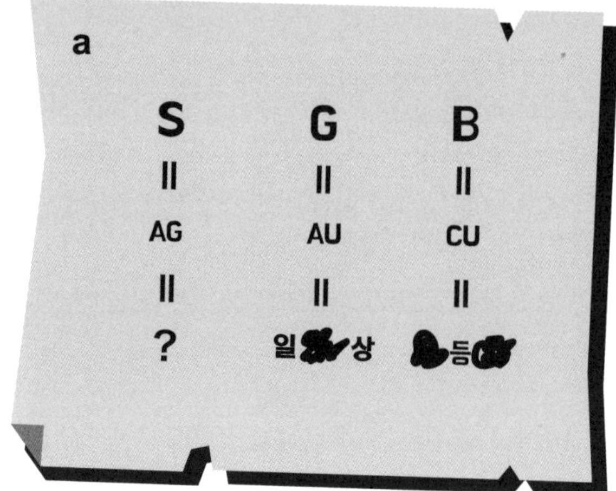

"**빔**보, 배고픈 거야? 사료를 줄까?"

조이는 부엌에서 고양이 사료를 들고 와서 빔보의 그릇에 부어 주었다. 빔보는 창문에서 내려와 기분 좋다는 듯 사료를 먹기 시작했다.

"귀엽다. 코로 같아."

"조이, 뭐 하고 있는 거야? 노트를 찾아야지."

"**아**저씨, 자동차 수리를 부탁하고 싶은데요."

"너, 여기 사람 아니잖아? 이 나랏돈은 가지고 있어?"

"이 나랏돈은 없어요."

"그렇다면 수리해 줄 수 없지."

"…저랑 내기 안 하실래요?"

그 한마디 말에 자전거를 고치고 있던 손이 멈췄다.

"뭐라고?"

"저하고 내기해요. 아저씨가 이기면 우리나라 돈을 두 배로 드릴게요. 하지만 제가 이기면 공짜로 고쳐주세요."

남자는 공구를 내팽개치며 빙긋 웃었다.

"그것참 구미가 당기는 말이군. 그럼 이렇게 하지. 내가 자전거 수리를 마칠 때까지 상점가 입구에서 출구까지 잘 찾아오면 네 승리다. 하지만 상점가에서 출발하면 우회전만 가능하다는 것이 규칙이다. 할 테냐?"

◆ **좋아요! → 44로**

◆ **그런 규칙 말도 안 돼! → 104로**

---

(427) ↶ 191

"**아**쉽지만 나는 이제 고향으로 돌아가려고 해요. 차도 고쳐졌고요."

르네는 폴록의 부탁을 거절했다.

"…아쉽지만 할 수 없지. 아버지에 대해서 뭔가 알아낸 것이 있을까?"

"네…."

"그렇구나…. 친구가 될 수 있을 거라 생각했는데 아쉽네. 그래도 만약 이 마을을 떠나기 전에 마음이 바뀌면 언제든 이곳으로 와줘. 분명, 아마도."

---

(428) ↶ 82

괜찮아. 아무 일도 없을 거야. 르네는 스스로를 타이르며 앞으로 나아갔다. 하지만 지켜보는 듯한 기척은 사라지지 않았다. 다시 멈춰서 주변을 돌아보아도 역시 사람의 흔적은 느껴지지 않는다.

◆ **앞으로 계속 걷는다. → 410으로**

---

(429) ↶ 179

하얀 꽃을 따라가다가 조이가 숲 안쪽을 가리켰다.

"저건 뭘까요?"

정면에 있는 절벽에 구멍이 하나 뚫려있다. 동굴처럼 보인다.

"아마도 소굴은 저 안일 거야."

"저래서야 멀리서 찾기는 힘들었을 것 같네요."

동굴 앞에는 작은 차가 한 대 세워져 있다. 달리는 보닛에 손을 갖다 댔다. 아직

온기가 있다.

"여기가 틀림없어. 조이, 마음은 단단히 먹었겠지?"

"네…에. 준비는 완벽한…거죠?"

◆ 그래, 안으로 들어가자. → 194로

◆ 글쎄다. → 242로

(430) ↩ 418

나와 파울은 작은 사당을 샅샅이 살펴보았지만 고대 문자를 해석할 수 있는 단서는 발견되지 않았다.

"여기라면 문자 조각이 있을 거라 생각했는데 말이야."

(431) ↩ 390

조이가 주운 열쇠로 오두막의 문이 열렸다.

오두막 안에는 소박한 책상과 의자가 하나씩 놓여 있을 뿐이다. 르네의 시선은 자연스럽게 벽에 걸린 코트로 향했다.

"누구의 코트일까?"

발아래를 보자 구석 바닥에 손잡이가 달려 있다. 지하실이라도 있는 것일까?

◆ 코트를 살펴본다. → 208로

◆ 바닥을 살펴본다. → 336으로

(432) ↩ 286

움직이기 힘든 숲속을 달리는 것보다 해안 쪽이 도망치기 쉬울 것 같다.

그렇게 판단한 르네는 서쪽 해안으로 빠져나갔다.

"잠깐만, 르네. 해안은 움직이기는 편하겠지만 추격자의 표적이 되기 쉽지 않을까?

조이가 멈춰서서 뒤를 돌아보았다. 숲속에서 사람의 실루엣이 보인다.

"르네! 위험해!"

조이가 외침과 동시에 총성이 울리고 르네는 파도 위로 쓰러졌다.

"르네! 정신 차려봐!"

르네를 끌어안고 일으키려는 조이의 손으로 따뜻한 피가 흘러내렸다.

GAME OVER

(433) ↩ 173

아직이다. 서둘러서는 안 돼. 달리는 머리를 숙이는 카드리유를 곁눈질로 바라보았다. 부인의 등 뒤에서 무서운 표정을 한 역무원이 이쪽을 살피고 있다. 의심을 사면 피곤해진다. 오히려 카드리유와 알고 있는 사람처럼 행동하는 것이 잘 풀릴지도 모르는 일이다.

◆ 말을 건다. → 322로

(434) ↩ 372

"그거 좋군."

"좋아. 그렇게 하자고! 촌장 저택에 들렀다가 주점으로 가자."

【단서 g에 '임무 종료', 지시 번호 g에 18이라고 기입】

(435) ↩ 410

"그렇지! 조이가 준 피리가 있었어…."

"숲속 사당에 사는 내 친구가 도와주러 올 거야."

분명 조이는 그렇게 말했다. 르네는 허리에 맨 가방에서 피리를 꺼내 지푸라기를 거머쥐는 느낌으로 피리를 불었다. 높고 부드러운 음색이 숲속에 울려 퍼진다.

한순간 정적이 흐른 후, 숲속에서 바스락거리는 소리가 들리더니 부엉이 한 마리가 르네 앞에 나타났다.

"저 아이가 사당에 사는 조이의 친구구나! 저 부엉이를 따라가면 숲속 사당에 도착할 수 있을지도 몰라!"

르네는 집중해서 부엉이의 뒤를 쫓았다.

【부엉이가 오른쪽 날개를 날갯짓한 횟수와 왼쪽 날개를 날갯짓한 횟수를 곱한 숫자에 해당하는 단락으로】

초판 1쇄 인쇄   2026년 1월 20일
초판 1쇄 발행   2026년 1월 30일

지은이   SCRAP
옮긴이   김홍기
펴낸이   한준희
펴낸곳   (주)아이콕스
디자인   홍정현
영업   김남권, 조용훈, 문성빈
영업지원   김효선, 이정민

주소   경기도 부천시 조마루로385번길 122 삼보테크노타워 2002호
홈페이지   www.icoxpublish.com
쇼핑몰   www.baek2.kr (백두도서쇼핑몰)
이메일   icoxpub@naver.com
전화   032–674–5685
팩스   032–676–5685
등록   2015년 7월 9일 제 386–251002015000034호
ISBN   979–11–6426–275–5

잘라 쓰는 아이템　

❶ 양피지

❷ 코인

❸ 톱니바퀴

❹ 돌판

게임을 진행하다가 지시가 나타나면 점선을 따라 순서대로 잘라 주세요. 자를 때는 찢어지지 않도록 가위나 커터칼을 사용하여 깔끔하게 잘라낼 것을 추천합니다. 잘라낸 후에는 잃어버리지 않도록 주의해 주십시오.

※ 아이템을 잘라내고 남은 여백은 게임에 사용하지 않습니다(퍼즐과는 관련 이 없습니다).